# Jeg kidnappede
# min datter

AF295437

**Romaner**

Jeg kidnappede min datter. BoD

Hemmeligheder. BoD

Tab og vind. BoD

**Vendepunkter**

7. Knald eller fald. BoD

6. Rub og stub. BoD

5. Revl og krat. BoD

4. Det bimler og bamler. BoD

3. Det knirker og knager. BoD

2. Bulder og brag. BoD

1. Himmel og hav. BoD

**Pædagogik**

*Pædagogik – refleksion og faglighed.* Reitzels Forlag

*Case – situationsbeskrivelser.* Systime

*Pædagogikkens 7 forhold.* Semi-forlaget

*Udviklingsarbejde – hvordan.* Semi-forlaget

*Forældresamarbejde - en uvant praksis.* Semi-forlaget

*Nej til folkeskolen? Ja til ansvar.* Borgens Forlag

Åge Rokkjær

# Jeg kidnappede
# min datter

**Jeg kidnappede min datter**

1. udgave, 1. oplag

© Åge Rokkjær, 2023

Omslag og opsætning: Åge Rokkjær og Niel Rokkjær

Forlag: BoD – Books on Demand, Hellerup, Danmark

Tryk: BoD – Books on Demand, Norderstedt, Tyskland

ISBN: 9788743000501

# Forord

Jeg har primært valgt at skrive denne bog i håb om at det vil løse op for et savn over at have mistet min datter - og dermed frigøre noget energi.

Et samfund står ikke stille, og meget ændrer sig over tid. Det samme gælder kønsrollerne.

Men det er ikke altid at lovgivningen og administrationen kan nå at følge med, og det er heller ikke altid at det enkelte menneske kan nå at omstille sig til de nye tider – eller ønsker at omstille sig.

Det er mit håb at bogen kan være en øjenåbner for nogen – en far, en mor, en sagsbehandler – og ikke mindst en trøst til de børn, der har oplevet forældre eller et system, der ikke har været deres opgave voksen.

Min fortælling bygger på en blanding af oplevede hændelser og fiktion.

Med venlig hilsen

far

# Kapitel 1

Noget spændt og lidt nervøs sad jeg endelig klar i bilen og ventede iført træningsdragt og løbesko.

Meget omhyggeligt havde jeg i lang tid forberedt mig og gennemtænkt alle mulige scenarier. Og nu måtte det briste eller bære i erkendelse af at jeg alligevel ikke kan forudse alt. Men forberedelse fandt jeg vigtig, for at jeg lynhurtigt ville kunne improvisere, når vanskelighederne opstod. At der ville opstå komplikationer var jeg sikker på. Især ville det være vigtigt at holde hovedet klar, når jeg hos min datter kunne genkende Marias anklager for at forhindre mig i at se hende.

Mine egne tanker - og benzintanken var fyldt helt op. Over 700 kr. kostede benzinen. ”Den satans idiot til Putin … og Maria!”, konstaterede jeg højlydt. Dæktryk og olie var i orden, og for første gang havde jeg givet Suzukien den nyeste rengøring med nano-teknik, så den skinnede som sølv. Indeni duftede der rent, og der var ikke et støvfnug. Reservedele og nødhjælpskasse var kontrolleret.

I det ekstra rum under bagagerummet lå riflen, en Remington 700 SPS, pakket godt ind sammen med haglbøssen og nødvendigt udstyr til jagt. Jagttegn og pas havde jeg på mobilen. Riflen havde jeg valgt at tage med efter svære overvejelser. Enhver tvivl blev afgjort med et højlydt ”Hellere for meget end for lidt”.

Der gik nogen forbi. Jeg bøjede hovedet, så kasketten skjulte mit ansigt. Der var ingen grund til at nogen skulle kunne genkende mig. Egentlig ville det være uden betydning, så det var nærmest en ubevidst refleks, der hørte med til den afventende spænding.

Nu var der gået næsten to timer uden at hun dukkede op.

Det var seksten år siden jeg sidst havde set hende, så der var en stor chance for at jeg havde taget fejl. Men det måtte være hende, jeg havde set de foregående to gange. De fotos, jeg havde taget af hende med min mobiltelefon, var ganske vist ikke de bedste, da de var taget inde fra bilen og på længere afstand. Men jeg mente at kunne genkende noget i hendes ansigt. Line var fire år dengang hun brutalt blev revet ud af mit liv. Savnet var straks blevet til omsat til et bankende hjerte, da jeg så hende.

Jeg holdt øje med døren til opgangen i en 2-etages boligkarré. På navneskiltene ved opgangen havde jeg set at der stod M. Hansen ved 2. sal til venstre. Jeg overvejede et øjeblik at ringe på.

Jeg vidste selvfølgelig ikke, om Line var flyttet hjemmefra og blot kom på besøg hos moren.

Intet havde jeg hørt fra hende i seksten år. Ikke engang en mail, et brev eller nogen som helst form for livstegn. Intet.

Hun var indtil nu blevet skjult bag en hemmelig adresse.


*Der er mange ude at danse på det lysdæmpede gymnastikgulv. De fleste er unge i den modne alder. En grammofon leverer musikken gennem store højttalere. Øl skænkes fra haner.*

**Vi følger 42-årige John på tæt hold. I korte glimt ser vi Maria, der er 8 år yngre.**

**Lige nu spilles *Pretender* af Queen. John danser med Maria. Det ene øjeblik ser vi dem danse tæt. I næste glimt ser vi John bevæge hånden bagpå Maria. De taler i hinandens øre, uden at vi kan høre det på grund af den høje musik. De smiler og de flirter begge ivrigt. Nu står de stille og vrikker lidt frem og tilbage.**

**John (vi hører brudstykker): "... har du lyst? ... sammen?"**

**Maria nikker og smiler.**

**Fire unge kvinder står med overtøjet over armen. Den ene vinker Maria og John nærmere og spørger: "Hvad så, skal I med?"**

John: "Jamen øh ... Jeg har lovet at vise Maria min frimærkesamling (de griner). Så det øh ... det kan vi ikke. Vel Maria? En aftale er en aftale." John kigger på Maria, der gentager: "En aftale er en aftale."

Pigerne kigger skælmsk på hinanden og bryder så ud i store smil.

En pige: "Samler du på Holland?" De griner højlydt.

En pige: "Eller Ukraine?" Haha..

John: "Vi skal nok lukke og slukke – hyg jer."

Pigen direkte til Maria: "Skal vi bytte?"

De griner og går. En af pigerne vender sig om, får øjenkontakt med Maria og vinker: "Vi ses."

*Alle er gået*

John (åbner døren til et mindre grupperum): "Vi kan være herinde. Der er ingen alarm ... (de kysser) ... vi må nok lade være med at tænde lyset (der kommer lidt lys ind fra gårdlamperne)... det eneste jeg kan tilbyde er en blød opslagstavle (de griner) ... vi må nok hellere fjerne alle knappenålene (de griner)... (de kysser, sætter sig på opslagstavlen og begynder at klæde hinanden af) ... av for ... en knappenål ... (de griner)"

Vi ser kys og ivrige hænder – en meget erotisk scene.


# Kapitel 2

Jeg havde pakket bilen omhyggeligt med alt til fjorten dage. Der var to dyner, to hovedpuder, to lagener, to sæt regntøj, badetøj, nattøj, håndklæder, tandbørste, ja to af alt, hvad jeg kunne komme i tanke om og havde mulighed for. Der skulle være både til mig selv og til hende.

Jeg havde vekslet 10.000 kroner til 14.925 svenske og undrede mig over kursen. For 67 danske fik jeg 100 svenske, konstaterede jeg. Jeg havde selvfølgelig også mit visakort, hvis kontanterne ikke skulle række til, eller et eller andet uventet skulle dukke op. I en Røde Kors-butik havde jeg fundet et par gummistøvler, sko og sandaler samt en badedragt, der forhåbentlig passede hende. Jeg købte også et fint lille smykke og nogle hårbånd.

Og så var der mad, kaffe, cola, øl og vin. Der skulle være rigeligt til den første uge uden at skulle købe ind. Shampoo, toiletpapir, køkkenrulle samt en pakke Libresse for alle tilfældes skyld. Også en hårtørrer og en børste til halvlangt hår.

Forskellige spil som kort, skak, terninger og ludo valgte jeg at tage med, så vi ikke behøvede at snakke hele tiden. Men jeg havde også taget nogle bøger med, heriblandt et par stykker af dem jeg selv havde skrevet, så hun kunne lære mig at kende fra den kreative side. Min fiskestang og fiskegrejer samt noget snor. Papir og blyant, akrylfarver og en tegneblok.

Jeg valgte at tage det album med, hvor hun var hovedpersonen, altså fra hun blev født til hun forsvandt som 4-årig. Længe overvejede jeg, om det var klogt at tage et fotoalbum med af hendes mor og mig før hun blev født. Det gjorde jeg, så måtte vi se, om det kom i brug. *Hellere for meget end for lidt.*

I sidste øjeblik huskede jeg opladeren til min iPhone, to tæpper og en æske tændstikker samt stearinlys og en god lommelygte med friske batterier.

Det hele kunne ikke være i bagagerummet selv om jeg pakkede det omhyggeligt, så jeg måtte tage bagsædet i brug.

Planlægningen af det praktiske havde fyldt meget – for hvad ved jeg om, hvad en 20-årig pige har brug for.

Jeg havde desuden forsøgt at tænke forskellige scenarier igennem, Hvad hvis hun flygtede en nat mens jeg sov, måske hen til nogle naboer for at få hjælp derfra. Hvordan skulle jeg forhindre det? Og hvordan skulle jeg reagere, hvis hun råbte om hjælp, mens jeg f.eks. tankede bilen op på en tankstation.

Hun havde sikkert også en mobiltelefon, Eller hun kunne stjæle min – nåh nej, der var jo ansigtsgenkendelse, så den kunne hun ikke bruge, eller kunne hun mens jeg sov? Skulle jeg låse hende inde om natten og sætte skotterne for, så hun ikke kunne komme ud – i så fald skulle jeg huske at sætte en potte og toiletpapir ind.

Bildøren ville hun ikke kunne åbne, i hvert fald ikke mens jeg sad på førersædet, for fra min side kunne jeg låse alle døre og lukke vinduer. Eller kunne jeg det? Det skulle jeg huske at undersøge. Kunne hun finde på at smadre et vindue med sin sko eller albue. Og hvad nu hvis hun havde brug for daglig medicin – og hvad nu hvis den var på recept.

Jeg forsøgte at gennemtænke forskellige scenarier, men nåede hver gang frem til at jeg ikke ville være hendes fangevogter. Jeg ville være den far, hun sikkert også havde savnet. Og nu ville hun få chancen for at lære mig at kende – og jeg hende - i to hele uger, hvor det bare ville være hende og mig.

Jeg var spændt og også usikker på om forehavendet med at kidnappe min egen datter var måden at gøre det på.

På passagersædet lå min jakke og et kort over Sverige. I handskerummet lå der slik og en køkkenrulle.


**John borer et hul i vridelåsen på sit lille kontor. I kontoret er der en briks, et lille bord og en dyb stol, et skrivebord med computer og en reol med bøger.**

**John borer dernæst et lille hul i dørkarmen. Han sætter en umbraconøgle gennem vridelåsen og ind i karmen. Prøver at vride**

låsen for at se om den holder. Det gør den. Men vil den også gøre det, hvis man forsøger at låse op udefra?

John sidder og arbejder ved computeren, da døren går op. Det er Maria. "Kom ind!" Maria sætter sig på briksen. John lukker døren og sætter umbraconøglen i vridelåsen og siger: "Nu kan ingen komme ind." De kysser, lægger sig og befamler hinanden. Pludselig banker det på døren, og der sættes næsten samtidig en nøgle i døren. "Ssss." De trækker hurtigt et tæppe over sig. Låsen holder.

Pedellen: "Hvad fanden ..."

John (hviskende): "Det lød som pedellen."

Maria: "Hvad var der sket, hvis ..."

John: "Han ville vel bare snakke."

Maria: "Du er ikke rigtig klog."

John (trækket tæppet over deres hoveder): "Du var ved at vise mig noget." Der lyder en lav latter og man ser et tæppe buldre.

Maria (trækker tæppet væk fra hovedet og hvisker): "Du kvæler mig."

John dukker også op og de kigger hinanden dybt i øjnene.


# Kapitel 3

Jeg havde spurgt min veninde, Susanne, om mit forehavende i det hele taget var en god idé. Eftersom hun var psykolog burde hun have tilstrækkelig indsigt i relationer til at have en mening om det. "Vil det være godt for Line? – Og vil der komme det positive resultat ud af det, jeg forventer?"

Susanne havde spurgt: "Hvad er det værste, der kan ske?" Jeg havde svaret: "At det ikke lykkes at få en relation til min datter." Da hun efterfølgende spurgte, hvordan relationen var nu, stod det mig klart at jeg ikke havde noget at miste, men forhåbentlig noget at vinde. Jeg havde jo ikke haft nogen form for kontakt i seksten år. Så om ikke andet ville jeg få en afklaring. Det samme måtte gælde for min datter.

Jeg blev opmuntret over at konstatere at ingen af os havde noget at miste, men i det mindste kunne vi vinde en afklaring af, om relationen ville kunne udvikle sig - eller gå helt i stå.

"Ok, så er det det, jeg gør. Jeg kidnapper min datter."

Men ligesom jeg syntes at have truffet min beslutning kom tvivlen. Nu havde hun klaret sig uden mig i alle de år. Hun vidste naturligvis, hvor jeg boede, eftersom det var hendes barndomshjem. Hun kunne have læst alt om mig på Facebook og på det seneste også på Instagram. Hvis hun havde brug for mig eller bare ønskede at se mig, kunne hun jo bare dukke op, skrive til mig på Facebook eller ringe.

Og hun måtte jo vide, at jeg ikke havde nogen mulighed for at kontakte hende: Hemmelig adresse, hemmelig telefon, hemmelig alt.

Det var skuffende at kunne konstatere, at hun åbenbart ikke havde behov for at komme ind i mit liv. Når man tænker på de TV-udsendelser, hvor unge på det nærmeste rejser jorden rundt for at komme i kontakt med deres biologiske forældre.

Hvad var det, der gjorde at hun ikke havde opsøgt mig i de nu seksten år, der var gået. Var det måske hendes skuffelse over at *jeg* ikke havde kontaktet hende? Hun vidste måske slet ikke, at jeg ikke havde haft muligheden. I så fald ville kidnapningen være en god model.

Men hvorfor egentlig kidnappe hende? Jeg kunne jo bare opsøge hende nu, hvor jeg var klar over, hvor jeg kunne få fat i hende.

Og et brev kunne falde i de forkerte hænder.

Maria ville givetvis have reageret med skuffelse, hvis Line fortalte at hun ville se mig. I så fald skulle Line vurdere, om det var det værd, om hun kunne leve med den skyldfølelse. Maria, vidste jeg, havde desuden før afskrevet folk inklusiv hendes egen mor og søster i lange perioder, hvis de udtrykte uenighed. Og mig havde hun jo også afskrevet.

Line kunne således have sine grunde til ikke at have kontaktet mig. Og selvfølgelig havde hun det, men hvilke? Det ville være en af de ting, jeg havde brug for at vide. Men måske var også alt det ligegyldigt.

For var det nødvendigt at rense luften for at kunne opbygge en god relation? Eller kunne vi springe det over, og så bare bygge en relation op fra dag ét ud fra at blodets bånd …


*John samler Maria op et sted. Sammen kører de ud til en Steiner-børnehave og henter hendes dreng, Asger, der er 5 år.*

**Maria (sætter sig på bagsædet sammen med Asger): "John kører os hjem i dag."**

**John (vender sig om): "Hej Asger."**

**Asger: "Mmmm!"**

**Maria: "Har du haft det godt i børnehaven."**

**Asger (kigger ud af sidevinduet): "Mmmm!"**

**Maria: "Det lyder godt."**

**Asger: "Må jeg få en is?"**

**Maria: "Når vi kommer hjem."**


*Nu er de hjemme hos Maria.*

Asger slikker på en sodavandsis.

Maria: ”Gå du bare ud og leg.”

Maria (henvendt til John): ”Smid du bare overtøjet.”

John: ”Er du sikker?”

Maria: ”Mmmm.” Nikker.


*Straks Asger er gået ud, kysser John og Maria hinanden.*

John: ”Hvornår kommer han hjem … Henrik?”

Maria: ”Ved 4-tiden.”

John (ser sig omkring): ”Du bor da meget pænt.”

Maria: ”Mmmm.”

John: ”Er persiennen i stykker.”

Maria: ”Ja, gider du ikke godt lave den?”

John: ”Selvfølgelig. Men hvad vil Henrik sige til det?”

Maria: ”Han bliver bare glad. Og jeg kan jo altid sige, det var mig.”

Vi ser John sætte persiennen på plads.

Pludselig går hoveddøren op.

Maria: ”Var der ikke nogen at lege med?”

Henrik (fra entreen): ”Næh!”

Ind træder Henrik. Stemningen er spændt.

Maria: ”John kørte mig hjem. Han skulle alligevel den vej. Og så bød jeg på en kop kaffe!”

Henrik hilser, og der gives hånd. Der er fokus på mændene.

John: "Maria spurgte, om jeg kunne ordne persiennen."

Henrik: "Tak. Ja, det er ikke nemt at nå det hele." Henrik kaster et blik til Maria og trækker undskyldende på skuldrene.

Maria kigger uroligt på Henrik og John.

John: "Jeg hører, at du er ansat i Lærernes Fagforening. Er I kommet over eftervirkningerne af blokaden?"

Henrik (venligt og fagligt optaget): "Nej. Det var en ordentlig omgang. De nye arbejdstidsregler trækkes ned over lærerne, og nu er der endvidere konflikt på skolerne mellem pædagoger og lærere."

John: "Ja, det er jo to forskellige fagforbund."

Henrik: "Lige nøjagtig. Pædagogerne vil ikke være radiatorvarmere."

John: " ... eller fungere som billig arbejdskraft for lærerne."

Henrik: "Netop."

John (kigger pludselig på uret): "Hov, jeg skal af sted ... børnene!" Trækker undskyldende håndfladerne opad: "Godt at se dig, Henrik. Hej Maria." Rækker den ene hånd op til afsked: "Jeg finder selv ud."

Vi ser Henrik kigge fra John til Maria. Deres blikke mødes.

Henrik (uanfægtet): "Fin fyr."

Maria: "Ja, han er dygtig ... Så du Asger?"

# Kapitel 4

Jeg fik ideen fra *Aktive Fædre*. Her blev jeg gjort opmærksom på en amerikansk undersøgelse, der redegjorde for, at hvis barnet havde været alene med moren i flere år … var det vigtigt at faren var alene sammen med barnet over længere tid, hvis barnet skulle opnå en nær tilknytning. Artiklen havde dog ikke beskrevet noget specifikt om alder.

Undersøgelsen gjorde klart, at det er vigtigt for identitetsdannelsen, at begge køn er repræsenteret i et barns liv.

Løsrivelsen fra moren sker i 3-4 års alderen, hvor hun bliver fars pige. Og det blev hun. Det er vigtigt for hendes selvstændighed og hendes opbygning af tilknytning og tillid til begge køn. Hendes tilknytning til en mandlig kæreste vil i modsat fald risikere at blive forstyrret.

Artiklen fremhævede, at hvis barnet har været adskilt fra faren i flere år, hvilket jo var til fældet med Line, ja så var det vigtigt med en kold tyrker, hvor far og datter er sammen i længere tid, gerne 2-3 måneder, for at de kan finde ind til hinanden og dermed få en egentlig relation genopbygget.

Tilknytning handler om tillid til, at man ikke bliver svigtet, at man er der for hinanden og vil hinanden.

På baggrund af denne undersøgelse blev tanken om at kidnappe min datter som nævnt født.

Alle der hører om sagen spørger mig: "Hvorfor vil Maria ikke have at du skal se din datter?" Jeg trækker på skuldrene og svarer: "Jeg stiller mig selv det samme spørgsmål!" Og presset svarer jeg: "Jeg tror ikke Maria kan skelne mellem egne behov og barnets behov. Og så dækker hun sig ind bag Statsamtets afgørelse (i dag hedder det Familiehuset), hvoraf det fremgår at jeg *indtil videre* ikke kan få samvær med min datter.

*Indtil videre* har nu varet seksten år. Jeg har undervejs spurgt Statsamtet, hvor lang tid *indtil videre* er? Og da det er Statsamtet, der har frataget mig retten til at se min datter, må det det også være Statsamtets ansvar at arrangere et møde med min datter. Men det lå udenfor deres ansvar. Og efter ti år havde Statsamtet slettet min sag, så den findes i virkeligheden slet ikke længere.

Jeg mødte på et tidspunkt en advokat, der gav mig det råd, at smide alle sagsmapper ud, glemme sagen og komme videre. Jeg smed sagsmapperne i skraldetanten med papir … men savnet var der ingen skraldetante til.

Så nu står jeg tilbage med et savn, men ingen papirer, jeg kan dokumentere med. Jeg må udelukkende stole på min hukommelse, der samtidig har fået råd om at slette alt og komme videre. Fokuser på dine drenge og børnebørn. Glem det. Nulstil. Delete. Ind imellem spørger jeg mig selv om det er uretfærdigheden, jeg ikke kan glemme – eller om det er min datter. Det er nok en cocktail, måske 1:4.


**Hjemme hos John og Kathrine:**

**Kathrine (råber): "Jeg ved godt, hvem Maria er, og hvor hun bor. Jeg har faktisk ringet på derude. Det var hendes mand, Henrik, der åbnede. Jeg spurgte, om han var klar over, hvad hans kone og min mand havde gang i. Jeg spurgte, om han ville med ud i bilen, så vi kunne snakke. Så det gjorde vi."**

**(Pause)**

**John henter sig en øl, drikker en stor slurk og sætter flasken fra sig.**

**Kathrine (vredt): "Du siger ikke noget!"**

**John (bestemt og ind i hovedet på Kathrine): "Jeg håber, du fik noget ud af det."**

**Kathrine (fortvivlet): "Jeg kan ikke holde det her ud læn-**

gere. Ved du hvad jeg gør … Jeg tager på ferie med Peter og Kurt … til Sicilien … to uger … jeg har aftalt det.”

John: ”God tur!”

Kathrine (fortvivlet): ”Er det alt, hvad du har at sige?”

John (højt): ”Vi var jo enige om at gå hver til sit.”

Kathrine (vredt og hovedrystende): ”Har du stadig tænkt dig at se hende der … Maria?”

John (sarkastisk): ”Ja, og det ser jo også ud til, at du vil hygge dig med din Peter og Kurt.”

Kathrine (råber): ”Du er fanme så …”

Pludselig går Kathrine amok og banker ølflasken i hovedet på John. Det bløder fra et sår i håret. John går væk fra hende ned i haven. John vasker såret og kører umiddelbart efter aggressivt bort i bilen.

John kommer tilbage med Kathrines forældre, der forsøger at tale John og Kathrine til rette. Kathrine står med mobilen i hånden.

Forældrene i munden på hinanden: ”I må da kunne forstå … I er jo voksne mennesker … og hvad med børnene.”

John: ”Ok, jeg smutter ud til Svend.”


*Hos Svend, der har armen i gips:*

John: ”Hvad er der sket med din arm?”

Svend: ”I søndags fortalte Ursula, at hun ønskede at forlade mig. Hun havde fundet en anden. Hun sagde det lige op i mit åbne ansigt. Så i vrede og afmagt ville jeg slå hende med en knytnæve i ansigtet, men i sidste øjeblik fortrød jeg, så hånden endte i væggen med et brag. Jeg brækkede håndleddet.”

John (leende): "Men væggen holdt?" (De griner)

John: "Kan jeg bo hos dig en tid?"

Svend: "Selvfølgelig. Hvad sker der?"

John: "Jeg skal skilles."

Svend: "Hvad helvede. Alle vil skilles. Hvorfor?"

John: "Jeg er forelsket."

Svend: "I mig. Det kunne du da godt have fortalt." (De griner)

John: "Ja. Nu er du jo ledig." (John kaster sig over Svend og lader som om, han vil kysse ham. Svend undviger.)

Svend: "Din bøsserøv. Lad os få en øl."

# Kapitel 5

*Hun* kidnappede *min* datter! Og staten er hendes medansvarlige. Det er sådan det er, sådan det hænger sammen.

Statsamtets afgørelse var især begrundet med konflikten mellem mor og far samt Lines udtalelser.

Ja, der var konflikt. Men på lovlig vis havde jeg fået fastlagt et samvær – det der med hver anden weekend og en dag i den uge, jeg ikke havde hende. (I øvrigt en belastende samværsordning, hvor man aldrig når at falde til ro – så hellere om muligt en uge her og en uge der. I hvert fald en tid).

Maria brød gang på gang samværsordningen, bl.a. med den begrundelse at Line var syg. Jeg bad om en sygeattest, men da det fortsatte uden lægeerklæring forelagde jeg det for Fogedretten og fik medhold. Maria fik et pålæg om at der for fremtiden skulle foreligge en lægeattest.

Meget skuffende fik jeg ikke tildelt nogen samværserstatning.

Til gengæld fik jeg en politianmeldelse om, at jeg havde udvist *incestiøs tenderende adfærd* overfor min datter.

Anmeldelsen førte til at jeg fremover kun kunne se Line under *overvåget* samvær to timer en gang om ugen inde i byen, mens sagen blev undersøgt. Da Maria her valgte at være til stede, spurgte jeg på et tidspunkt den tilsynsførende, om det var normalt at moren skulle være til stede under besøget, og om det var hende, der skulle overvåge samværet? Det var det så ikke; men hvorfor skal jeg spørge om det? Lidt pinligt var det desuden, at den tilsynsførende en af mine studerende.

*Incestiøs tenderende adfærd* … Det nærmeste incestiøse jeg var kommet, var med Lines mor, der var 8 år yngre end mig. Nå, spøg til side. Men hvordan i alverden kom Maria i tanke om en sådan sætning: *Incestiøs tenderende adfærd*. Maria måtte utvivlsomt have fået hjælp fra *Mødrehjælpen*.

Selv havde jeg opsøgt *Aktive fædre*, hvor jeg hørte på mange mænds lidelser i forbindelse med skilsmisse.

Statsamtet satte to psykologer til at udrede sagen. En psykolog til hver af os. Her skulle jeg forklare - eller nærmere forsvare mig - over for anklagen. Jeg måtte høre et bånd, hvor Maria havde udspurgt hende. "Tager far dig på numsen?" "Ja, det gør han!" "Sådan foran!" "Ja!" osv. Jeg fik en udskrift, men ikke en kopi af båndet.

De bad mig forklare, hvorfor Line mon sagde sådan. Jeg svarede, at det er normalt, at børn i den alder er begyndt at frigøre sig fra moren og knytte sig til faren, og at de er begyndt at blive opmærksomme på deres eget køn!

Hvor er det ubehageligt at skulle advokere for sin egen uskyld. Og jeg sender mine tanker til Jes Dorph Petersen og andre, der har skullet forsvare sig over for sager, der foregik i en anden tid.

Jeg forsvarede mig desuden med, at jeg som skolelærer i 10 år aldrig har fået nogen klager, der kunne pege i den retning, og at der tværtimod var både psykologer og lærere i min bekendtskabskreds, der i forargelse over anklagen havde skrevet til Statsamtet, at der straks burde tildeles samvær.

Psykologerne konkluderede at de *ikke havde kunnet påvise at jeg havde begået overgreb.*

Hm – ingen røg uden brand vil alle sikkert tænke alligevel. Jeg tog derfor straks ud til politiet på Amager og fik fat i den betjent, der havde min sag. Han fortalte, at de ikke havde noget grundlag for en sag. Så kunne jeg ikke gøre mere.

Og så ville samværet vel kunne gå i gang igen. Men nej.


**John står uden for gadedøren og taler i mobil (det måtte man dengang): "Nej Maria, vi finder ud af det. Så må vi finde et sted … Jeg skal nok finde ud af noget … Nej, jeg er lidt stresset lige nu. Bent er på hospitalet og rektor har sendt lærerteamet til krisepsykolog … Jeg skal lige hente noget tøj …**

**John forsøger at sætte nøglen i låsen, men må opgive. "Hvad fanden. Har hun skiftet låsene ud? … Så kan jeg sgu ikke engang komme ind og hente mit tøj. Pis." (Slår opgivende ud med armen). "Nå, der er sgu da heller ikke andet end problemer … Nej, nej - det er ikke dig, der er problemet, Maria. Dig elsker jeg jo. Vi ses som aftalt. Hej."**

**Vi ser Johns ansigt i nærbillede bilen. Han sukker og slår pludselig en knytnæve i rattet: "Hvordan fanden skal jeg få det hele til at hænge sammen?" Han sætter musik på og billedet fryses på ham, mens musikken kører videre.**

# Kapitel 6

Overpræsidiet havde under sagens forløb forbudt mig at kontakte ikke blot Lines læge, men også Lines skole. Det forbud blev aldrig ophævet. Så jeg havde ingen mulighed for at tjekke noget som helst i forlængelse af Fogedrettens afgørelse.

Nå, men hvor om alting er, som man siger, så skulle man jo tro, at alt nu var i orden og at samværet kunne genoptages. Men nej.

Nu fik jeg meddelelse om, at jeg var pålagt at indgå i en børnesagkyndig undersøgelse. Jeg forstod ikke hvorfor, men nu skulle der tjekkes, hvad der var bedst for barnet. Jeg blev forhørt alene hos den børnesagkyndige, og jeg blev forhørt sammen med Line.

Jeg opfattede det som en formalitet, eftersom tolv mennesker, som kender mig, havde skrevet til Statsamtet, herunder kolleger og min rektor og sagt god for mig.

Der var ingen *incestiøs tenderende adfærd*, der var ingen politisag, og fogedretten havde korrekset Maria.

Den børnesagkyndige sendte sin vurdering til Statsamtet, der afgjorde, at det var bedst for Line ikke at se sin far indtil videre … Hvor lang tid "indtil videre" er, spurgte jeg straks Statsamtet om. Indtil videre er bare indtil videre, svarede sagsbehandleren.

Jeg forelagde det for den psykolog, der stod for Aktive fædre. Efter at have læst den børnesagkyndiges redegørelse, blev han så fortørnet at han forlangte et møde med den børnesagkyndige. Det gik Statsamtet så med til. Han stillede kritiske spørgsmål til undersøgelsen, så den kvindelige børnesagkyndige afværgende udbrød: "Havde jeg vidst at mødet var et angreb på min kompetence, var jeg aldrig kommet." Men det ændrede ikke noget på Statsamtets afgørelse … indtil videre.

Havde jeg vidst at en børnesagkyndig har så afgørende indflydelse på mig og mit barns fremtid, ville jeg have sikret mig at jeg

havde en advokat eller i det mindste en bisidder med. Man er jo totalt
retsløs. Først sætter Fogedretten Maria på plads, så jeg igen kan få
samvær med min datter, så frikendes jeg af to psykologer, derefter af
politiet, og så vurderer en kvindelig børnepsykolog, at det er bedst
for min datter ikke at have kontakt med mig indtil videre.

Det eneste jeg har foretaget mig er at forsvare min ret til at se
min datter. Alle benspænd står moderen for: Hemmelig adresse. Til-
bageholdelse fra samvær. Anklager for incest. Fratagelse af min ret
til at kontakte Lines skole og læge.

I starten havde vi i Statsamtet en mandlig sagsbehandler, som
Maria ikke kunne løbe om hjørner med. Men så benyttede hun sig
af sin ret til at få en ny sagsbehandler. Det blev en kvindelig sagsbe-
handler. Fra det øjeblik mistede jeg min datter.

*Hos Svend:*

**Svend: "Hør nu her, John. Du skal bare sige til Kathrine,
at hun kan få huset. Så vil hun garanteret ikke have det."**

**John: "Hvordan kan du være så sikker på det?"**

**Svend: "Sådan er de, kvinderne ... Hvis de kan få det, vil
de ikke have det. Hvis de *ikke* kan få det, vil de have det."**

**John: "Så det handler altså om kvindelogik - ikke om ret-
tigheder!"**

**Svend: "Ja!"**

**John: "Du er åndssvag at høre på."**

**Svend: "Måske, men det er nu min erfaring ... Prøv det ...
Ring nu, John."**

**John (i mobilen): "Hej. Du har sat nye låse i dørene. Tak
for det. Men så mangler du lige at give mig en nøgle ... Nå, men
hvis jeg ikke kan få det, så smadrer jeg bare et vindue ... En ad-
vokat ... det styrer du selv ... Huset er jo mit ... Ok, hvis du vil
have huset, så giv mig besked inden klokken 4 i dag."**

John (til Svend): ”Hun giver besked inden klokken 4.”

Svend: ”Spændende. Hvad skal vi vædde? En middag?”

John: ”Godt med dig. Jeg trænger sgu til en øl?” Går ud i køkkenet.

John (fra køkkenet): ”Det er et værre rod, du holder dig.”

Svend: ”Livet *er* sgu ét stort rod, så lidt fra eller til.”

John (fra køkkenet): ”Hvad med at skelne mellem det rod, du *ikke* har indflydelse på (kommer tilbage med to øl) ... og det rod, du *har* indflydelse på.”

Svend: ”Er du moralist.”

John: ”Nej, praktisk.”

Svend: ”Husk nu at du rent praktisk kommer til at give en middag i aften.”

John: ”Vi får se ... ser du for resten noget til *din* datter?”

Svend: ”Ja, jeg ser hende efter aftale. Det er jo svært at have faste aftaler som freelance fotograf.”

John: ”Har du noget at lave?”

Svend: ”Ja i morgen tager jeg til Brasilien. Vi skal følge op på VM.”

John: ”Det må være et hårdt job at skulle være på farten hele tiden.”

Svend: ”Og så har jeg lige fået en ny idé. I stedet for at filme kunstnerne, får de en råfilm af mig. Og så skal de filme det, de finder interessant. Jeg redigerer det, og så skal det om muligt vises på Arken.”

John: ”Sådan! Meget opfindsomt. Hvem har du i tanker-ne?”

Svend: "Kvium, Arnoldi, Bjørn Nørgård og nogen, du ikke kender. Men hvordan går det med dine digitale, hvad var det nu du kaldte dem…? "

John: "Pitchers. En pitch er en bane, som man kaster en bold over og står jeg med battet og giver den ny retning, hvis jeg da kan ramme. Og så minder ordet om pictures. Jeg har fået en del printet ud på lærred."

Svend: "Hvad er det for motiver."

John: "Udsnit, som jeg scanner fra reklamer, aviser, ugeblade. Udsnit fra blomster, mønstre, kvinder og hvad jeg ser …"

Svend: "Glæder mig … noget helt andet. Hende din nye kæreste - er det ikke forbudt at have et forhold til en af sine studerende?"

John: "Joh, måske nok. Men vi er jo voksne mennesker. For fanden Svend – jeg er jo dybt forelsket. Du ved jo hvordan det er." John pegede på Svends brækkede arm.

Svend: "Heldige asen. Skål for konen og kæresten."

Svend og John (i kor): "Gid de aldrig må møde hinanden!"


*Senere:*

John (ringer op): "Nå, hvad så? … Jamen så er det jo afgjort … Jeg skal altså have en nøgle til huset … i skuret. Godt så … Hvordan har drengene det? … Det er klart, de er sure på mig, du har jo givet mig hele skylden … Nej ikke nu. Jeg ringer senere … Ok. … ok … vi snakkes ved."

John: "Nå Svend! Ja så er det afgjort."

Svend (spændt): "Hvad så? Hvad sagde hun?"

John: "Du skylder mig en middag."

Svend: "Satans. Jeg troede lige …"

John: "Nej, du havde sgu ret … (råber) Huset er mit. Hun havde ikke råd."

Svend: "Nå, hvad sagde jeg."

John: "Jeg giver en middag ... kom det skal fejres."

John: "Hun havde nu ikke fået huset alligevel." (De griner)

John: "Og så har hun skaffet mig en kvindelig advokat på nakken!"

Svend: "De vil flå dig."

John (viser kløer og store øjne): "Rrrrrr Rrrrrrr!" (de griner) "Lad os komme af sted."

John: "Og hun har fået en lejlighed."


Svend er ved at falde ned af trapperne og tager på afsatsen fra sig med den raske hånd.

John: "Pas nu på, du ikke brækker den anden arm."

Svend (springer pludselig rundt på trappesatsen): "Er der nogle kvinder her? Støder den raske arm ind i væggen og lader som om den også er brækket. "Av, for da …"

John synger glad ned ad trappen (kameraet bliver på trappeafsatsen): "Oh hvilken herlig stund. Huset er mit da dum. Jeg er så glad så glad. Vi skal have aftensmad. (Nu tostemmigt) Livet er ikke det værste man har, og om lidt er kaffen klar." Sangen fortoner sig.

# Kapitel 7

Mine tanker flyver ind imellem tilbage til tidligere kvindelige bekendtskaber. Men der er særlig ét, der altid vender tilbage.

Jeg var som vel 30-årig gået i byen for at høre Papa Bue spille traditionel jazz. Som ung spillede jeg på trommer i et jazzband og var meget inspireret af Papa Bue. Så nu skulle det være.

Der var gang i den på det lille dansegulv, og pludselig fik jeg øje på en skønhed, som jeg straks måtte byde op til dans. Vi fik mange danse sammen, og det resulterede i at jeg fik hendes adresse (det var før mobilens tid).

Den efterfølgende lørdag kørte jeg til Ringsted og fandt frem til adressen. Men jeg turde ikke banke på, og efter adskillige tilløb meldte jeg pas og vendte snuden hjemad. Jeg husker stadig hendes lyse hår og at hun var tandlæge.

Og så tænker jeg på, hvordan mit liv ville have formet sig, hvis ikke modet havde svigtet mig. Efter den episode slog jeg op med tøsedrengen i mig. Men min naive tilgang til verden beholdt jeg.

*Hjemme sammen med Maria:*

**John: "Undskyld Maria, men du ved at min ex forlangte halvdelen af boet, så jeg har overvejet at tage særeje i håb om at du har forståelse for det."**

**Maria: "Jeg kunne aldrig drømme om at stille krav om noget, der ikke er mit!"**

**John: "Jamen så er det vel ok, at jeg …?"**

**Maria: "Du må have tillid til mig, ellers kan det være lige meget!"**

**John: "Selvfølgelig har jeg tillid til dig nu, men du kan jo skifte mening, hvis der opstår en …"**

Maria: "Du kan stole på mig!"

John: "Jamen så. Jeg elsker dig, Maria!"

Maria: "I lige måde!" De kysser.


*I kirken:*

Orglet spiller slutningen af bryllupsindmarchen. Der er kun John og Maria (der er gravid). De er begge klædt til bryllup og sidder oppe ved alteret med hinanden i hånden og lytter og smiler glad. (Ømme scener vises og smelter sammen med orglet).

De står nu begge oppe foran præsten. Maria (højt): "Ja."

Præsten (kun stemmen): "Så erklærer jeg jer for rette ægtefolk at være."

John sætter en snoet vikingering på hendes finger og vise versa.

John og Maria har kigget forelsket på hinanden og giver nu hinanden et kys, mens kameraet zoomer ud og viser en tom kirke, mens orglet spillet temaet fra Elvira Madigan.

John (smilende til Maria): "Så spiller de den alligevel, og du fik dit kirkebryllup!"

Billedet fryser i et forelsket smil, mens musikken fortsætter og toner ud.


*Hos fotografen:* Der tages forskellige billeder af brudeparret.

# Kapitel 8

Jeg kan ikke forestille mig at det er min datters ønske, at *indtil videre* skulle vare seksten år. Tværtimod. Men som tiden går, føles det alligevel underligt, at hun ikke har kontaktet mig.

Hun er 20 år nu. Hun ved hvor jeg bor, for det er hendes barndomshjem. Og skulle hun have glemt adressen, kunne hun med lethed slå den op. Den er ikke hemmelig. Hun har desuden kunnet følge mig på Facebook og har måske også gjort det.

I TV-programmet *Sporløs* følger man mennesker med behov for at se deres ophav – om det så er på den anden side af Jorden. Derfor kontaktede jeg programmet og blev castet, som det vist hedder og fundet egnet. Man spurgte mig derfor, om de måtte kontakte min datter. Det sagde jeg selvfølgelig ja til og gav dem hendes fulde navn og CPR-nummer. Hvordan det lykkedes dem at få fat i hende var mig en gåde, da jeg jo ihærdigt havde forsøgt. De meddelte mig at min datter ikke ønskede at deltage i programmet.

Jeg opfattede det umiddelbart sådan at Line ikke havde ønsket at møde mig – i hvert fald ikke i et TV-program. Det ville ellers have været en god chance for et gensyn og en mulig begyndelse for en fremtid sammen.

Bevidstheden om at min datter ikke ønskede at se mig, rejste det enkle spørgsmål: Hvorfor? Hvorfor kan *hun* give slip, når *jeg* ikke kan?

Det stod mig klart, hvad jeg i perioden … *indtil videre* … havde mistet: At udleve den kærlighed, man naturligt føler i samværet med sit barn? At opleve en livsbekræftende relation? At se hende vokse op og udvikle sig? At kunne hjælpe hende over vanskeligheder i livet? At have en at beskytte og bekymre sig om?

Nu var jeg åbenbart havnet et sted, hvor *jeg* var den, min datter skulle beskyttes mod.

Var hun måske bange for morens reaktion? Jeg vidste at Maria var parat til at afskrive både sin egen mor, far, søster og venner, hvis de gik hende imod. Nogle gange tog det et helt år før hun tilgav. Og måske tilgav hun inderst inde aldrig. Var min datter bange for at blive afskrevet, hvis hun imod morens vilje opsøgte mig?

Marias argumentation overfor datteren kunne måske mere eller mindre usagt lyde: "Hvis *jeg* ikke kan med ham, skal du ikke tro at *du* kan!" og "*Jeg* har måttet flygte over hals og hoved for ikke at blive knust af ham. Det skal du ikke ønske dig. Og jeg gør, hvad jeg kan for at beskytte dig."

Og måske havde de slet ikke fået fat i Line, så det i virkeligheden var Maria, der havde svaret nej. Måske vidste Line så overhovedet ikke noget om det.

Tjah, en eller anden grund måtte der jo være. Måske var den simple forklaring den, at Line har det fint, som hun har det nu.

Men én ting står for mig klart - *jeg* har ikke ønsket at sætte et barn i verden for at svigte det eller miste det. At det er en stor følelsesmæssig belastning for de forældre, der måtte lide et sådant tab – ja det ved *jeg*. Læg så oplevelsen af uretfærdighed oveni. En ligestilling, der ligesom i mit tilfælde ikke er slået igennem i børneværelset.


*På bryllupsrejse til Sverige:*

**Maria og John spiller *5 på stribe*. John vil lægge den sidste brik for at få netop 5 på stribe.**

**John holder en brik i hånden og inden han putter den i, siger han: "Det er næsten for nemt!"**

**Maria reagerer meget voldsomt og går op på værelset.**

**John slår forundret ud med hænderne og kigger ud af vinduet, hvor vi får fornemmelsen af at vi er i Sverige.**

**Pludselig dukker en bil op med Marias mor og søster. John**

går ud og modtager dem og viser dem indenfor.

Søsteren: "Hvor er Maria?"

John: "Hun er gået op på værelset for at tage en lur. Men sæt jer ned, så sørger jeg for noget at drikke!"

Søsteren: "*5 på stribe*. Jeg elsker det spil. Skal vi spille?

John undvigende: "Jeg sørger for noget at drikke!"

Søsteren (lægger en brik): "Det kan mor gøre. Kom nu!"

John sætter sig: "Ok!"

De spiller. Maria dukker op, står lidt og kigger på at John og søsteren spiller, og forsvinder så pludselig ud af døren.

John: "Jeg må hellere gå ud at se efter hende!"

Søsteren: "Hun skal nok komme tilbage. Bare lad hende være!" De spiller færdigt. John rejser sig og går ud og kigger efter Maria, men væk er hun. De spiller endnu et par spil.

John: "Nu har hun været væk i over en halv time. Jeg går ud og ser efter hende."

John opdager at Maria har gemt sig bag en stor stensætning ude på marken og går hende i møde: "Kommer du ikke ind?" I det øjeblik han når frem til hende, kradser hun ham på armen og hvæser: "Du har kun øje på min søsters bryster!"

Overrasket vender han resolut tilbage og siger til søsteren: "Nu må I tage over. Se her!" John viser kradsemærkerne. Maria dukker op og går direkte op på sit værelse og låser sig inde.

Tidligt om morgenen kører moren og søsteren hjem uden at sige farvel.

# Kapitel 9

Hvor gik det galt? Kommunikationen bristede. Tilliden forsvandt. 7-årskrisen kalder man det. Tiden, hvor uoverensstemmelser skal tales igennem, og hvor der skal gøres status. Tiden, hvor forelskelsen er blevet overtaget af daglige gøremål, og kærligheden skal finde en ny form. Tiden, hvor rutinerne skal justeres og hvor det, man giver og får i forholdet, måske ikke længere er i balance. Alt imens dagligdagen, jobbet, børnene kræver sit. Tiden, hvor man ikke længere ønsker at blive taget som en selvfølge. Tiden til at justere gensidige forventninger. Tiden til at genopfinde sig selv og hinanden på en ny platform.

Hvis det var tiden for os, så magtede vi det ikke.

Selv mener jeg at justeringer ikke bør vente og at problemer er til for at løses. Men nogle gange ved man ikke hvordan. Det kræver ikke kun tolerance. Det kræver også en forståelse for at det er farligere at lukke sig inde end at få talt ud om tingene. Få sagt dem i stedet for at vende det hvide ud af øjnene.

Om det er en god idé at gå i parterapi, skal jeg ikke kunne sige; men kan man ikke snakke med hinanden og ikke gider lytte til forskelligheder, går det galt.

Vi møder hinanden som voksne og har haft forskellige opvækstvilkår og værdier, Vi er ikke hinanden, som man oplever i forelskelsen, men to personer. Og det er det, kærlighed må handle om, at respektere forskelligheden og have lyst til at finde kompromisser, hvor det kræves.

Og det er om ikke før, så åbenbart nødvendigt efter 7 års samliv.

Jeg skal ikke her gøre mig klog på årsagerne; men blot konstatere at når man har et barn sammen, er det ikke godt, hvis den ene tager ejerskab og udelukker barnet fra at have begge forældre. Forældre ejer ikke barnet, de har det til låns. En dag flytter det hjemmefra, og indtil da er vi begge forpligtet til at støtte det så godt, som vi formår.

Mange børn oplever skilsmisse, men heldigvis har de fleste forældre forstået deres opgave.

Maria var en omsorgsfuld mor. Og hun har sikkert sine grunde, som jeg ikke forstår, men må respektere. Men jeg respekterer ikke beskidte tricks eller et system, der som i mit tilfælde sørger for at jeg fratages min ret til at være far, når der beviseligt ikke er grundlag for det. Og mit barn har ret til en far, der har bevist sin uskyld og oveni købet gerne vil være en ressource i hendes liv.


*Hjemme:*

9-årige Asger spiller computerspil. Situationen udspiller sig til et skænderi mellem John og Maria.

John: "Skal du ikke snart i seng, Asger... Klokken er over 10... hva'?"

Asger: "... Jeg spiller lige."

John: "De andre er for længst gået til køjs."

Maria: "Lad ham nu være."

John: "Han skal jo op klokken 7 i morgen."

Maria: "Nu har han endelig computeren for sig selv."

John: "Jamen, han sidder jo og sover i bilen om morgenen, når..."

Maria (bestemt): "Det skal du ikke bestemme."

John: "Klokken bestemmer."

Maria (kigger i Asgers skoletaske): "Du har jo ikke engang spist din madpakke, Asger."

John: "Det sker tit, synes jeg."

Maria: "Bland dig udenom."

Maria (overrasket og let aggressivt): "Du har jo fået en meddelelsesbog med hjem. Hvorfor har du ikke sagt noget. Du har vel også lektier for."

John (trækker opgivende på skulderen og mumler): "Dem læser han jo heller aldrig."

Maria: "Hold nu op. Det er min dreng."

John: "Jeg prøver jo bare at hjælpe."

Maria (henvendt til Asger): "Asger, sluk for computeren. Klokken er mange."

Asger slukker for computeren og trasker direkte op i seng.

John: "Skal han ikke børste tænder?"

Maria (sender John et opgivende blik og udbryder pludselig vredt): "Jeg føler mig buret inde her … Asger og så dine to drenge hver anden uge. Og så Line … Du har ødelagt min krop, har du…"

John: "Ødelagt din krop?"

Maria: "Du afbryder mig hele tiden. Og vi kommer aldrig nogen steder. Jeg har også lagt mærke til dig, når vi ser film - du er enormt optaget af sex-scenerne.

John: "Optaget … De hører jo med til en film. Det er jo ikke mig, der …"

Maria: "Og når du kører bil, glor du efter alle pigerne. Og du har så travlt med dit arbejde, møder her og der, dine bøger og din tennis. Man er ikke andet end en skide slave i det her hjem. Madlavning, opvask, vasketøj. Børn og hvad ved jeg."

John (nærmer sig Maria for at tage om hende): "Ma…"

Maria (afværgende): ”En dag tager jeg Line med og skrider. Vi skal nok klare os.”

John: ”Er det min tur nu til at sige noget?”

Maria: ”Og da Line var lille, skulle du absolut give hende is.”

John (forklarende og lidt belærende): ”Hør lige. Vi var på ferie ved Vesterhavet. Ja, så vi er jo ikke altid hjemme. Og vi besøgte tante Nora. Line fik blot hvad der var på bagsiden af en teske.”

Maria: ”Hun var 4 måneder. Du hører aldrig efter. Der kunne jo være bakterier…”

John: ”I mosters is? Så derfor tog du en taxa tidligt om morgenen og forsvandt med Asger og Line. Og det var så den ferie.”

Maria: ”Du glemmer, hvordan du holdt med Niel imod mig …”

*Flashback:*

Niel kommer tilbage fra toilettet: ”Det er skide irriterende, at der er vasketøj i håndvasken, så man ikke kan vaske hænder.”

Maria: ”Hvordan er det, du taler til mig.”

Niel: ”Det er bare skide irriterende.”

Maria: ”Så kan du jo bare fjerne det.”

John: ”Han har jo ret. Du har jo altid sagt, at børnene skal vaske hænder. Jeg fjerner det.”

Maria skrider, og man hører en dør smække. John og Niel kigger på hinanden.

John: ”Du skal have vasket hænder, min dreng.”

*Flashback slut.*

John (smiler i håb om at forbedre stemningen): "Skal vi ikke snakke videre i morgen. Jeg er dødtræt,"

Maria (surt): "Du tager mig sgu aldrig alvorligt." Maria viser kløer på vej til at overfalde John.

John: "Fik du i øvrigt noget arbejde."

Maria: "Begynder du nu at interessere dig for mig?"

John: "Fik du?"

Maria (hoverende): "Et vikarjob. Tre måneder i Lines vuggestue. Er du så tilfreds"

John: "Tillykke. Men hvorfor lige den vuggestue."

Maria: "Ja, hvorfor? Synes du da det er i orden, at Line bliver passet af andre, mens jeg skal passe andres børn?"

John: "Line har måske brug for …"

Maria: "Bla bla. Pædagogiklæreren snakker og snakker, men når det kommer til dine egne børn, Vor herre bevares."

John: "Du virker så … fjendtlig."

Maria: "Du forstår ikke en skid."

John: "Maria…" (forsøger at give Maria et kram).

Maria: "Du kan godt spare dig."

På vej op i seng ser John, at der er lys hos Asger. Han åbner døren. Ser, at Asger bare har smidt sig på sengen med al tøjet på.

John (henkastet): "Hvor hyggeligt." Slukker lyset.

Om morgenen ser vi John skifte Line. Han trutter hende på maven. Line griner, og de har det sjovt. Og han løfter benene og trutter hende bagi. Vi ser Maria i smug holde øje med John. Kort efter kommer Johns to drenge ned. De går straks i gang

**med en portion havregryn.**

**John (til Maria): "Hvis Asger skal med mig, skal han op nu."**

**Maria: "Asger har ondt i maven."**

**De to drenge kigger indforstået på hinanden og smiler smørret.**

**Niel (ligesom henkastet): "Nu igen!"**

**Maria: "Men du kan jo tage Line med dig i vuggestuen."**

**John: "Har du ikke lige fået arbejde i hendes vuggestue?"**

**Maria: "Og hvad så?"**

**John: "Ok – jeg tager hende."**

# Kapitel 10

Da Maria forlod mig og tog min datter fra mig, var det som om noget blev revet i stykker i mig. Tilbage var der ikke kun følelsen af svigt og uretfærdighed. Maria var mit livs kærlighed og Line det levende bevis. Jeg havde en klar forventning og ønske om at vi skulle leve sammen "til døden jer skiller", som præsten prædikede. Måske derfor undervurderede jeg skrøbeligheden i vores forhold. Og det med kirken og præsten var i øvrigt ikke min idé.

*Anklage undersøges af to psykologer samt en børnepsykolog:*

**John og Maria sidder godt adskilt overfor to psykologer, der også er adskilt.**

**Psyk. Hans: "Jeg hedder Hans og er psykolog for Maria.**

Uffe er psykolog for John. I kan hver især henvende jer til jeres psykolog, mens sagen står på. Herudover er der en børnepsykolog på jeres datter, Line. Uffe og jeg skal i samarbejde med børnepsykologen vurdere. Om der er hold i den anklage, der er rejst mod dig, John. Vi kommer til at mødes en gang mere. Men du, Maria, kan jo fortælle, hvad du ved."

Maria: "Jeg har på bånd optaget Line, og jeg har lavet et udskrift af båndet, som I kan se (papirer uddeles). Maria læser op:

*"Line ligger på ryggen i sofaen og har taget alt tøjet af – med benene bøjet helt op under nakken – alt imens hun kærtegner sig selv med fingeren. Da jeg kommer ind i stuen opfordres jeg på usædvanlig vis til: 'Kom og kys mig i numsen ligesom far.' Jeg får fat i en båndoptager. 'Hvad siger du?' 'Far må gerne røre min numse. Det må han gerne (hun nynner).' 'Hvornår gør han det?' 'Om torsdagen – så gør han det – om torsdagen, når han henter mig i børnehaven. Han gør det hjemme. Det må han gerne. Han må gerne røre min numse.' 'Nåhr – hvem siger, at han gerne må røre min numse?' 'Det gør jeg.' 'Når han tørrer dig på toilettet ikke også?' 'Næh, han må gerne røre, hvis jeg har bar numse (fniser).' 'Gør far det, når han henter dig i børnehaven.' 'Næh kun når det er torsdag, fredag, lørdag.' 'Hvor rører han din numse henne?' 'Når mor er ude at købe ind?' 'Hvar? Er det når mor er her, eller er det når mor går?' 'Når far er der. Så rører far mig sådan her (klapper sig selv foran…) åh-ha, det er så dejligt.'*

*'Rører han dig ligesom du gjorde før?' 'Ja, det gjorde han. Ikk.' 'Hvor rører han dig henne. Prøv at vise mig det. Hvor rører far dig. Prøv at vise mig det. Er det bagpå eller foran? Gør han det? Og her – gør han det? Når du ligger sådan ned, med benene?' 'Ikke nede på benene, han gør.' 'Herhjemme i lejligheden?' 'Ja.' 'Du skal lige vise mig, hvor far rørte dig på numsen. Kan du pege?' 'Her! (Line peger på sin klitoris)' 'Der – foran på knoppen?' 'Ja.' 'Der hvor du peger – kilder han dig så, hva'? Kilder han dig?' 'Er*

*det dig, der siger han skal røre dig?' 'Det er mig.' 'Er det også far der vil røre dig?' 'Ja, det må han gerne.' 'Rører han dig også nogen gange i bilen.' 'Pingo drømte om en sæl, og så kom."*

Psyk. Hans: "Ja tak. Hvad siger du til det, John?"

John: "Jeg har aldrig været alene med Line. Maria har altid taget hende med sig, hvor hun end gik hen. Maria har heller ikke haft arbejde i Lines første 3 år, da hun har forlænget sin barselsorlov. Maria har ammet Line indtil da – altså indtil Line var 3 år. Herefter fik Maria et barselsvikariat på 30 timer i hendes vuggestue. Efter ½ år fik Maria et 30 timers vikariat i samme børnehave. Da hendes søn, Asger, gik i børnehave, havde hun også været vikar der..."

Psyk. Hans: "Jamen hvad siger du til det, Line siger på båndet?"

John (lidt nervøs – hvor skulle det her føre hen?): "Forstå først den symbiose, Maria opbygger med sine børn. Og så til spørgsmålet. Line er vel begyndt at opdage sin egen seksualitet og køn og retter det naturligt mod sin far. Og så er hun vel ved at frigøre sig fra moren. Det er vel meget naturligt, at børn på et tidspunkt retter sig mod far, og at det kun er far, der dur. Det har Maria det tydeligvis svært ved..."

Psyk. Hans: "Men hvad siger du til, at Line giver udtryk for, at du har kysset hende i numsen?"

John: "Når jeg har skiftet hende, så kan jeg godt finde på at kysse og trutte hende på maven og bagi – men ikke på hendes kønsdele. Vi har altid grinet og hygget os i den situation, hvor hun skal skiftes. Det er jo trods alt en ret intim situation."

Psyk. Hans: "Hvad mener du med det?"

John: "At vi hygger os? Jo, at vi er i berøring. Numsen skal vaskes og tørres den rigtige vej."

Psyk. Hans: "Den rigtige vej?"

John: ”Ja for fanden, bagud. Så der ikke kommer skidt i tissekonen. Men … hør lige her. Jeg har kun gjort det, enhver familiefar gør.”

Psyk. Hans: ”Hmm.”

John: ”Hvornår er den situation fra, Maria?”

Maria: ”Fra du var ude hos mig sidst.”

John: ”Jamen der var jeg kun alene med hende i den halve time, hvor du gik efter pizza.”

Maria: ”Det tog en time. Og du var på toilettet med hende.”

John: Vi havde i lang tid leget zoologisk Have med dyr og andet – og sat dem i rækker efter hinanden. Det kunne du jo selv se, da du kom hjem.”

Maria: ”Og du var på toilettet med hende.”

John: ”Jeg hjalp hende på toilettet. Nu kunne hun jo selv. Det er klart, at jeg skulle tørre hende, da hun var færdig. Men det, du antyder, kan du godt glemme.”

Psyk. Hans: ”Hvad antyder Maria?”

John: ”At jeg skulle have været uterlig overfor min datter. Aldrig. Sikke noget vrøvl.”

# Kapitel 11

Måske er det ikke rimeligt at anlægge den betragtning at Maria selv har været udsat for *incestiøs tenderende adfærd*. Men altid holdt hun Line tæt til sig og tog hende med sig hvorend hun skulle hen. Og måske var det smertefuldt for hende at Line var begyndt at knytte sig tættere til farmand. Jeg anså det blot som en naturlig del af Lines selvstændighedsudvikling. Jeg nød at være far og havde ikke øje for om Maria havde problemer med det. Men jeg kunne godt mærke hendes øjne i nakken. Og at hun aldrig lod mig være alene med Line var en kendsgerning.

***John er alene med sin psykolog Uffe:***

**Psyk. Uffe: "Hvad siger du til situationen?"**

**John: "Det er da helt uudholdeligt at blive mistænkeliggjort for noget, jeg ikke har gjort. Maria har gjort alt for at forhindre mig i at få samvær med mit barn. Hidtil har jeg kun kunnet se Line, hvis det foregik hjemme hos moren. Men nu, hvor jeg har søgt statsamtet om fast samvær hos mig, altså uden for Marias kontrol, så finder hun straks på en ny forhindring."**

**Psyk. Uffe: "Hvad er det, der får hende til det?"**

**John: "Maria er ikke i stand til at skelne mellem hendes og barnets behov. Maria har brug for opmærksomhed i en sådan grad, at hun forveksler kærlighed med opmærksomhed."**

**Psyk. Uffe: "Kan du forklare det nærmere?**

**John: "Kærlighed er noget gensidigt, hvor begge parter tager ansvar i en vekselvirkning mellem at tage og give. Krav om opmærksomhed er et sort hul, hvor man aldrig kan få nok. Og hvis man ikke får opmærksomhed, føler man sig svigtet – og så er det i øvrigt altid den andens skyld. Det er en relation, der hverken er god for mig eller Line. En psykolog, som kender Maria, omtaler det som borderline."**

**Psyk. Uffe: "Hvordan har du det med anklagerne."**

**John: "Jeg synes, det er voldsomt belastende og uretfærdigt. Jeg synes, det er svært at skulle forsvare noget, man ikke har gjort. For det er som om mistænkeliggørelsen sidder der ... (trækker vejret dybt og med tårer i øjnene) ... uanset hvad."**

# Kapitel 12

Som tiden er gået har jeg opdaget, at det Maria tog med sig ikke kun var Line, men også min lyst til at flytte sammen med nogen igen og faktisk også lysten til at have et kæresteforhold igen. Kærester nej, veninder ja.

*Afgørelsen:*

**John og Maria er igen hos psykologerne og har placeret sig på samme måde som sidst.**

**Psyk. Hans: "Line er, som I ved, blevet undersøgt af en børnepsykolog. Vi har ikke kunnet konstatere, at der skulle være tale om overgreb, Vi vil derfor meddele, at det ikke er blevet bekræftet, at John skulle have foretaget seksuelt grænseoverskridende handlinger over for Line."**

**Psyk. Uffe: "Så … vi betragter hermed sagen som afsluttet." …**

**John: "Så skulle der heller ikke være nogen hindring for, at jeg vil kunne se Line igen."**

**Psyk. Uffe: "Det har vi ikke noget at gøre med. Det er op til jer eller Statsamtet at finde ud af."**

*John og Maria går udenfor:*

**Maria: "Skal vi ikke lige sætte os over på den bænk."**

**John: "Ok."**

**De sætter sig over på bænken. Pludselig sætter Maria sig overskrævs på John og lægger armene om hans nakke og siger: "Hvor var det dejligt, at der ikke var noget alligevel."**

**John kigger måbende Maria i øjnene … skal til at sige no-**

get, men tager sig i det. Maria giver John et smækkys, rejser sig
og går. John kigger efter hende og ryster uforstående på hovedet
... stadig lidt småforelsket ... trods alt.

# Kapitel 13

Så skulle den sag være afgjort, og vi kunne vel snart vende til-
bage til den normale samværsordning. Som tidligere nævnt opsøgte
jeg politiet på Amager for at høre, om der her lå en anmeldelse mod
mig. Jeg fik fat i den betjent, der havde modtaget Marias anmeldelse.

*Hos politiet:*

**Der fades ud fra en computerskærm, hvor vi ser John sid-
de sammen med en politibetjent i uniform.**

**John: "Jeg kan kun få lov til at se min datter i overvåget
samvær på grund af det her."**

**Politiet: "Ja, der er rigtignok en anmeldelse imod dig fra
socialforvaltningen. Det ser ud til, at det er en hjemmesygeple-
jerske, der har indgivet en anmeldelse mod dig for *incestiøs ten-
derende adfærd*."**

**John: "Jamen sagen er jo lige blevet afvist af den psykolo-
giske rådgivning."**

**Politiet: "Det kender vi ikke noget til, så vi er nødt til at
undersøge det, uanset..."**

**John: "Nå, jamen kan du så ikke bare gå i gang."**

**Politiet: "Jeg skal nok sørge for, at sagen bliver undersøgt
hurtigst muligt."**

John: "Hvor lang tid vil det tage?"

Politiet: "Det kan jeg ikke sige – hurtigst muligt."

John: "Ja, for jeg kan kun se min datter i *overvåget* samvær, så længe sagen står på. Men moren møder heller ikke her op med hende længere, så den er helt gal."

Politiet: "Jeg skal nok tage mig af det ... Det lover jeg."

John: "Hurtigst muligt. Ringer du, så snart du ved noget?"

Politiet: "Det skal jeg nok."

John: "Du hedder Kaj Holm. Hvordan kan jeg få fat i dig?"

Politiet (giver et visitkort): "Du ringer bare på det her nummer."

John: "Og du ved, hvordan du kan få fat i mig?"

De kigger et øjeblik hinanden i øjnene.

Politiet: "Jeg skal nok..."


*På vej hjem i bilen:*

John: "Politiet, politiet."

*Herefter får han et flashback:*

John (7 år) forsøger at åbne døren til kontoret i den lille grønthandel, de ejer. Han kan ikke åbne døren og hopper op på blomsterbinderbordet. Ind af de øverste klare vinduer kan han se sin far ligge udstrakt på gulvet med hovedet skråt op af bagdøren. Håndtaget til døren ind til kontoret vipper hidsigt op og ned, en nøgle drejes rundt og ud farer en ikke helt ung mand: "Satans møgsvin." John springer ned fra bordet og løber ind til faren: "Far, far vågn op. Far!" Moren kommer til og trækker John væk. Moren råber ud til forretningen: "Send bud efter politiet, politiet." John græder og er skrækslagen, da han bliver trukket væk: "Slip mig. Jeg skal have min taske. Jeg skal i skole. FAR." Han bliver igen trukket væk.

# Kapitel 14

Efter de år der nu er gået, må jeg konstatere, at der ikke er flyttet nogen kvinder ind hos mig eller omvendt. Jeg har flere dejlige veninder og endda været så privilegeret at en af dem åbenlyst har erklæret at være forelsket i mig. Det blev jeg naturligvis meget beæret over, men har måttet meddele at jeg kun kan imødekomme et venskab, og understregede at et venskab er et meget stærkt bånd mellem mennesker, måske stærkere end forelskelsen, i det mindste mere længevarende, siger den erfarne. Og vi har jo hver især fået de børn, vi skal have.


**John (i telefonen): "Så politiet har droppet sagen ... står jeg så i et eller andet kartotek? ... Hvad kan jeg gøre ved det? ... Politiadvokaterne for ... er det gratis? ... det er det, fint ... kan jeg få deres adresse? ... nå, jeg får det på skrift ... ok ... Og I giver socialforvaltningen besked? ...! Tak skal du have ... du har været meget hjælpsom! ... Tak fordi du holdt, hvad du lovede."**

**John (ser i papirer og ringer op): "Jeg skal snakke med min sagsbehandler Sinne Hoffman ... tak ... Hej, det er John Christiansen. Jeg har netop talt med politiet, og de har droppet sagen, så nu må det vel være muligt at se min datter, eftersom både politiet, den psykologiske rådgivning og fogedretten har sagt god for det! ... Ok ... lad det nu gå lidt hurtigt denne gang."**

# Kapitel 15

Jeg havde ikke været i stand til at løse konflikterne mellem Maria og mig. Vidste ind imellem heller ikke, hvordan jeg kunne fortælle hende, at hun var mit livs kærlighed. Ordene var i mig, men det var som om de blot ville blafre ubehjælpsomt i luften, hvis jeg sagde dem højt.

Måske var det min fornemmelse at det er dårlig timing at erklære sin kærlighed, når man står i konflikter, der ikke synes at kunne italesættes. Og det er nok en dårlig idé at kaste perler for svin – uden at den vending skal misforstås. Det er ikke nemt at erklære sin kærlighed til én, man er i konflikt med. Og måske skulle man alligevel forsøge at prikke hul på ballonen. I hvert fald kan det være en god idé, hvis gassen skal gå af den. Men …

*I Fogedretten:*

**Den fuldmægtige fra Fogedretten sidder for enden af et stort bord. Maria og John sidder over for hinanden.**

**John: "Maria har de sidste to måneder ikke udleveret Line til samvær, sådan som det er aftalt med Statsamtet. Derfor så jeg mig nødsaget til at henvende mig her til Fogedretten."**

**Maria: "Line har …"**

**Fogeden: "Et øjeblik, Maria. John, har du nedskrevet de datoer, hvor du ikke har fået udleveret Line."**

**John (rækker et papir til fogeden).: "Ja, dem har jeg her."**

**Fogeden (til Maria): "Kan du anerkende, at du på disse datoer ikke har udleveret Line?"**

**Maria: "Ja, det er vist rigtig nok."**

**Fogeden: "Hvorfor har du så ikke det?"**

Maria: "Line har været syg, så jeg har ikke kunnet forsvare at sende hende til samvær."

Fogeden: "Har du en lægeattest?"

Maria: "Nej."

Fogeden: "Har hun været syg i to måneder?"

Maria (nikker): "Ja, hun har haft problemer med …"

Fogeden (til Maria): "Barnet har været syg i to måneder. Og du har ikke henvendt dig til en læge?"

Fogedretten: "Godt. Det var alt. I kan vente udenfor."


*I venteværelset viser Maria billeder af Line frem til John. John kan se at Line ser sund og rask ud, men kommenterer det ikke.*


*Tilbage i Fogedretten:*

Fogeden: "Ja, Fogedretten har vurderet, at du, Maria, fremover er pligtig til at udlevere Line, nøjagtig som det står i samværsaftalen. Sker det ikke, skal John meddele det til os i Fogedretten."

John: "Kan jeg få erstatningssamvær for det tabte?"

Fogeden: "Nej det kan du ikke. Og øh … jeg har, som vi altid gør i disse sager, kontaktet Statsamtet. Det ser ud til, at der ligger en politianklage imod dig, så det er op til Statsamtet at meddele, hvornår samværet igen kan træde i kraft."

John: "En politianklage. For hvad?"

Fogedretten: "Det må du spørge Statsamtet om."

# Kapitel 16

I forelskelsen overså jeg signaler, som senere blev konflikt-
stoffets egentlige kerne. Og at vi havde forskellige opvækstvilkår
var uomtvisteligt.

Marias forældre var for længst flyttet fra hinanden. Faren bo-
ede i et meget lille baglokale til en nedlagt butik. Selve butikslokalet
stod tomt, og baglokalet var stort set blot blevet tilført en seng.

En juleaften var vi samlet hjemme hos moren. Mens moren
tog ud af bordet og vaskede op efter julemiddagen, hun havde tilbe-
redt, underholdt faren mig med, at når de var på ferie, undrede det
ham at grønthandleren også altid holdt ferie samme sted, og at han
derfor havde god grund til at antage, at moren havde noget for med
ham, grønthandleren. På mit spørgsmål om, hvor længe siden det
var, svarede han, at det nok var tyve år siden.”

Det undrede mig at jeg skulle høre på det en juleaften. Jeg
fremførte derfor at selv skattevæsenet kun går fem år tilbage. Herud-
over er sager forældet.

Da vi skulle danse om juletræet åbnede kredsen sig, og der
blev taget imod ham med åbne hænder, da han kom. Men han opda-
gede pludselig, at han skulle holde sin kone i hånden. Det fik ham til
at tage sig fortvivlet til hovedet og højlydt udbryde: ”Det gør I ikke
imod mig!” Hvorefter han sank sammen i en sofa og flere gange
gentog: ”Hvordan kan I gøre det imod mig?”

Til gengæld var der stor sympati for pigerne, hvor det stod
klart at faren havde knyttet Maria tæt til sig, og moren havde knyttet
lillesøsteren til sig. På samme måde som Maria havde knyttet Line til
sig. Og den man knytter til sig får lang snor og stor opmærksomhed.
Men efter min opfattelse er det en usund relation.

Mine forældre havde grøntforretningen at passe, og to hjæl-
pere ansat. Ovenpå boede vi i en lejlighed. De var altid at finde i
forretningen. Men de voksne og vi børn levede ligesom i hver sin

verden. Aldrig hørte jeg mine forældre skændes. Vi børn blev aldrig inddraget i de voksnes beslutninger.

Min far blev opereret for kalk om hjertet, men under operationen havde de beskadiget den ene lunge, så han blev uarbejdsdygtig. Da jeg var ti år, måtte vi sælge forretningen og flytte ud i udkanten af byen i en tolænget gård under primitive forhold. Jeg kom i en ny skole og fik nogle fantastiske lærere, som jeg elskede og med stor taknemmelighed ser tilbage på. Som den første i familien kom jeg på gymnasiet.

Så meget om det.


*Hos "Foreningen far":*

**John sidder på en lang gang med 8 mænd. De sidder på stribe og venter. De rykker en stol nærmere for hver gang én kaldes ind til samtale. John snakker med en fyr, der snart står for tur.**

**Fyren: "Det kan du have ret i, men nu kan det være nok. Tre måneder er lang tid. Statsamtets beslutning er helt hen i vejret. Så nu er jeg spændt på, hvad *Foreningen far* siger.**

**John: "Hvad kan de gøre?"**

**De rykker en stol.**

**Fyren: "De har vel nogle knapper, de kan trykke på."**

**John: "Ja, nu må vi se, om vi kan få et par gode råd."**

**Fyren: "Statsamtet er jo komplet ligeglade med os mænd. De gider sgu ikke høre på os."**

**John: "Det er også min erfaring. Statsamtet dækker sig ind under, at de skal varetage barnets tarv. I virkeligheden holder de bare med moren."**

**Fyren: "Ja, det må da være barnets tarv at se sin far, hvis**

ikke han er ren idiot.”

John: ”Man føler sig mistænkeliggjort, hvis ikke man makker ret.”

Fyren: ”Ja, brokker man sig, lukker de helt af. Men man har vel visse rettigheder.”

John: ”Ja, det kan man godt blive i tvivl om. Så snart man bliver skilt, er manden under enhver mistanke.”

Fyren: ”Det er også min oplevelse. Nå hov, nu er det min tur.”

John: ”Held og lykke.”

*De rykker en stol.*


*Fyren kommer ud:*

John: ”Hvordan gik det?”

Fyren: ”Jeg fik det råd, at være glad for det samvær, jeg fik. Og så tage det stille og roligt derfra.”

John: ”Måske skulle man have sagt til Statsamtet, at man overhovedet *ikke* er interesseret i samvær. Så kan det være, at man får det. Nå, det min tur. Held og lykke, du.”

Fyren: ”Tak i lige måde.”


*Inde hos ”Foreningen far” sidder John sammen med sagsbehandleren Peter:*

John: ”Hej igen, Peter!”

Peter: ”Hej. Som forberedelse til mødet med ”Folketingets Ombudsmand”, skal vi have et par ting på det rene. Det handler principielt ikke om dit sagsforløb, men at din sag åbner et principielt spørgsmål. Nemlig om *et barns* udsagn ene og alene kan lægges til grund for, om det skal se sin far, sådan som Statsamtet har argumenteret i din sag."

John: "Nu er anklagen om incestiøs tenderende adfærd død og borte, og Fogedretten har erklæret at samværet skal i gang, så …"

Peter: "Det kommer ikke sagen ved."

John: "Hør nu lige færdig … så har jeg en tid været nødsaget til at deltage i en børnepsykologisk undersøgelse. En psykolog skal vurdere, hvad der er til barnets bedste."

Peter: "Hør nu hvad jeg siger. Hos Folketingets Ombudsmand handler det udelukkende om, hvorvidt Statsamtet kan tillade sig at træffe afgørelser om samvær, med argumentation i et 4-årigt barns udtalelser, når der nu som i din sag ikke er noget at udsætte på faderen."

John: "Ok."

Peter: "Godt – vi ses."

John: "Jeg tager min veninde med. Hun er klinisk psykolog. I øvrigt har hun to piger, den yngste på Lines alder. Dem må jeg gerne være sammen med – men ikke med min egen datter. Hun er klinisk psykolog og har anmeldt Maria for omsorgssvigt. Maria har efter hendes og en psykologgruppes vurdering svigtet Line ved ikke at kunne skelne mellem egne behov og barnets behov."

Peter: "John. Hør nu her. Vi er der for at rejse spørgsmålet, om Statsamtet har ret til at afgøre et samvær ene og alene med begrundelse i et 4-årigt barns udsagn, som det er tilfældet i din sag."

# Kapitel 17

Jeg har undervejs overvejet om min retfærdighedsfølelse er løbet af med mig. Jeg har handlet ud fra en *ret* til at se min datter og har derved måttet kæmpe mig ud af de benspænd Maria havde givet mig. Hvad hendes motiv var for at handle som hun gjorde, har jeg kun kunnet gætte på. Måske skulle jeg blot have handlet anderledes ved at melde pas. Det var jo en realitet at Maria havde forladt mig for aldrig at vende tilbage. Mens jeg var i Jylland havde hun uden varsel fjernet de ting, som hun havde brug for.

Ud fra mit kendskab til Maria turde jeg ikke lade det være op til hende at bestemme en samværsordning.

Men overfor Statsamtet kan jeg se meningen med fra starten blot at melde klart ud, at hvis de mente, min datter har brug for sin far, der er uddannet skolelærer og har en sund økonomi og livstil, var jeg indstillet på at hun får så meget samvær, som de synes, hun kunne have gavn af. Især set i lyset af mænds rettigheder dengang i forhold til en 4-årig pige.

Lige så snart jeg stillede krav og forsvarede mine rettigheder, satte jeg gang i en ulige kamp, hvor jeg på forhånd var taberen. Desværre var jeg ikke klogere på det tidspunkt.

At være bagklog fører ingen steder hen; men min erfaring er forhåbentlig kommet min yngste dreng til gode og selvfølgelig tilpasset hans særlige situation. Han har været igennem to skilsmisser med børn involveret.


*John, veninden Susanne og Peter fra "Foreningen far" sidder til møde med ombudsmanden:*

**Ombudsmanden: "Det lyder da også, som om du er kommet i en helt urimelig situation."**

**Peter: "Som jeg har sagt, handler det her om, hvorvidt**

Statsamtet kan tillade sig, alene at lægge et barns udsagn til grund for en afgørelse om samvær, når faren som her har en ren straffeattest."

Susanne: "Kunne det ikke tænkes, at være bedre for barnet på sigt at have kontakt til sin far, og at et barn ikke skal pålægges så stort et ansvar at afgøre, om det ønsker at være sammen med sin far."

Ombudsmanden: "Det kan der være noget om."

John: "Mit barns udsagn ligner fuldstændig morens. Så på mig virker det naturligt at antage, at morens holdning har præget barnet, så det på en måde ikke er Line selv, der taler."

Ombudsmanden: "Jeg vil straks kigge på sagen."


*Efter mødet og ude på gaden:*

Peter (vredt): "Hvorfor fanden holdt du dig ikke til det, vi havde aftalt."

John: "Hvad mener du?"

Peter: "Sagen handler ikke om dig, men princippet om, hvorvidt et barns udsagn kan lægges til grund ..."

John: "Jo men det handler vel også om de følelser og realiteter, der er forbundet med det, så han kender helheden ..."

Peter: "Du fatter ikke en skid."

Susanne: "Det virker som om, han har stor empati for sagen som helhed."

Peter: "Kontakt mig, når I har afgørelsen."

Peter vifter dem vredt af med hånden og går. John og Susanne kigger undrende på hinanden.

John: "Hvad gik der af ham?"

**Susanne:** "Det handler om princippet ... jeg kan ikke lige forklare det."

**John:** "Lad os få en øl et sted."

# Kapitel 18

Der dukkede mange mærkelige tanker op, jo mere tidspunktet for kidnapningen nærmede sig:

- Line kommer til mig, når hun er flyttet hjemmefra.

- Hun kommer, når hun har fået et barn.

- Måske har hun fundet sammen med en australier og er flyttet dertil.

- Ja, måske er hun død.

Men mest kredsede tankerne om at hun en dag uventet ville ringe på døren. Her ville jeg med tårer i øjnene glædestrålende byde hende indenfor. Og hvis det helt usandsynlige skulle ske at det var moren der ringede på, ville jeg også byde hende indenfor. I begge tilfælde ville jeg brede armene ud, klar til en stor krammer.

Men at de skulle komme samtidig var uden for min forestillingsevne.

*John (i mobilen):*

**"Jeg kan forstå, at du ikke længere arbejder hos Ombudsmanden ... Fyret, ok ... Du virkede ellers som om, du havde meget forståelse for min situation ... og nu har vi fået at vide, at de ikke vil gå videre med sagen ... Jeg forstår godt, at du ikke kan udtale dig ... men noget kan du måske sige ... Nå ikke ... ok,**

**men du skal have tak fordi du var så forstående på mødet ... nej, det ... men så tak for det ... Hej."**

*John ringer veninden Susanne op:*

**John: "Hej. Jeg har lige ringet ham fyren fra ombudsmanden op. Han er sgu blevet fyret ... Ja, det ved jeg ikke ... men endelig en, der synes at forstå situationen ... Ja, så dropper de jo sagen ... det skrev de ... nej, der var ingen begrundelse. Kun at de ikke ville gå videre med sagen ... Nu troede jeg ellers lige ... Nå, jeg ringer senere ...**

# Kapitel 19

Maria havde en gravhund. Når hun skulle nogen steder, tog hun den altid med i en taske over skulderen. Hun havde den med på seminariet, og hun havde den endda med til eksamen. At tage sin hund med sig giver en vis form for frihed, da man så ikke er afhængig af at skulle hjem og lufte den.

Hunden døde. Og så var det Lines tur til at følge med hende overalt. Hun tog endda job i Lines vuggestue. Og før det havde hun job i samme Steinerinstitution som hendes søn. Da Line skiftede fra vuggestuen til en Steinerbørnehave fik Maria også arbejde der.

Som nævnt argumenterede Maria for det således: "Skal jeg passe andres børn, mens andre skal passe mit barn?" Jeg diskuterede det hverken med hende eller andre. Sådan blev det bare. Men set i bakspejlet - og især med udsigt til, at hun skulle skilles fra sin datter i den tid Line ville have samvær med mig, forklarer det hendes desperation, såfremt hun skulle undvære datteren.

Inden samværsordningen kom i stand besøgte jeg Line hjemme hos moren og fik endda tilbudt at overnatte i et kælderværelse, hvad jeg dog ikke ønskede at benytte mig af. Men da jeg ønskede at have Line hos mig selv i hendes barndomshjem, og da jeg gennem Statsamtet fik en fast ordning, valgte Maria efter kort tid ikke at udlevere Line, så jeg måtte gå til Ombudsmanden.

Og derefter kom beskyldningerne for *incestiøs tenderende adfærd*. Hvis Marias adfærd kunne tolkes som "fastholdelse af sit barn i en symbiose", så magtede den børnesagkyndige ikke at gennemskue det.

Efterhånden var jeg kørt træt. Jeg arbejdede på fuld tid, havde eget forlag, hvor jeg både var redaktør og forfatter. Og jeg havde jo også mine to halvstore drenge. Men nu kunne der da ikke komme flere benspænd.

Desuden var Line som bekendt allerede blevet undersøgt af en børnepsykolog i forbindelse med incest-sagen, en læge der havde undersøgt hende vaginalt, en chefpsykolog der kunne finde ud af at jeg havde slået hende og begået overgreb. Og som om det ikke var nok, skulle hun stadig som 4-årig nu også møde en børnesagkyndig psykolog.

*John sidder på den kvindelige børnesagkyndiges kontor. En børnepsykologisk undersøgelse er i gang.*

**John: "Jeg fatter stadig ikke, hvad det her går ud på og betragter det som en formalitet."**

**Børnepsykolog: "Jeg skal indstille til Statsforvaltningen, hvad der er bedst for Line. Næste gang skal jeg se hende og dig sammen..."**

**John: "Ok så får jeg hende da at se."**

**Børnepsykolog: "Og så skal jeg se dig og hende sammen hjemme hos dig."**

John: "Og det samme sker med Lines mor?"

Børnepsykolog: "Ja, og så har jeg haft Line alene."

John: "Jeg fatter stadigvæk ikke noget af det hele. Kan vi ikke bare få gang i samværet, som Fogedretten har holdt med mig i. Jeg har ren straffeattest. Jeg er læreruddannet og underviser i pædagogik. Hvad mere kan du forlange. Jeg har hus, bil og en solid økonomi. Jeg er jo bare en far for pokker, der vel har krav på at se sin datter."

Børnepsykolog: "Ok, men du bliver nødt til at deltage i denne undersøgelse. Det kræver Statsforvaltningen."

John: "Nå men så lad os få det overstået. Hvad så?"

Børnepsykolog: "Denne gang vil jeg gerne forelægge dig at chefpsykologen i Statsforvaltningen har haft en samtale med Line. Herudfra og ud fra en tegning har han udledt, at det ikke kan udelukkes, at du har slået Line ..."

John: "Ja, og 12 mennesker med pædagogisk/psykologisk baggrund har skriftligt meddelt Statsamtet, at der bør etableres samvær med mig. Og hør nu godt efter – de har alle underretningspligt, og den ene er endda min rektor."

Børnepsykolog: "... og at der kan være tale om overgreb fra din side."

John (vredt): "Jeg har sgu aldrig slået min lille pige – hvorfor fanden skulle jeg det? Jeg har været skolelærer i 10 år og aldrig slået et eneste barn, så hvorfor skulle jeg slå hende, min egen lille datter?"

Børnepsykolog: "Hm."

John: "Hør nu her. Jeg har aldrig i min tid som skolelærer fået nogen som helst form for klager. Tværtimod. Og alt det vrøvl om overgreb er jo for længst tilbagevist. Så skal vi ikke bare se at komme videre."

Børnepsykolog: "Jo, jeg ..."

Børnepsykolog: "Hvad mener du, vil være det bedste for Line."

John: "Jeg ved at Maria har været på hospitalet med Line og fået hende undersøgt vaginalt. Er det måske ikke et overgreb mod Line? ... Og der var ikke noget. Det hele er udsprunget af Marias sygelige fantasi – eller forsøg på at forhindre mig i at se Line."

Børnepsykolog: "Hvad mener du med sygelig fantasi?"

John: "Det snakkede vi jo om sidst. Hendes far og mor har levet som hund og kat ... Alle i den familie kæmper for at få opmærksomhed. Som sagt er de skilt. En juleaften skulle vi danse om juletræet. Marias far kom sidst og skulle holde eks-konen i hånden. Han brød fuldstændig sammen med ordene: "Hvordan kan I gøre det mod mig?" og satte sig ind på sofaen med hovedet i hænderne. Den familie er ikke helt normal. Nå men for at svare på dit spørgsmål. En psykolog, som kender os, har sagt, at Maria har en borderline-karakter med et ekstremt opmærksomhedskrav ... og samtidig vanskeligt ved at tage ansvar for problemers opståen."

Børnepsykolog: "Sidst sagde du, at Maria var *årsagen* til jeres situation."

John: "Ja, hun binder Line benhårdt til sig, så hvordan skal Line efterhånden kunne skelne sine egne synspunkter fra moderens."

Børnepsykolog: "Du har ikke fortalt så meget om, hvordan du ser på dit eget ansvar."

John: "Jeg ser fremad nu. Lad os nu få den samværsordning til at fungere, så Line og jeg kan opnå at få et liv sammen. Hun har brug for sin far – og ikke en eller anden tilfældig stedfar."

**Børnepsykolog:** ”Har Maria en kæreste.”

**John:** ”Hun har i hvert fald svært ved at leve alene – og skal helst have et par beundrere i nærheden.”

**Børnepsykolog:** ”Du lyder bitter.”

**John (sukker):** ”Er tiden ikke snart gået …?

**Børnepsykolog (kigger ned i papirerne):** ”Det siger vi.”

**John:** ”Hvordan kan du i øvrigt vide, hvad der er bedst for mit barn? Er der en særlig opskrift? Det er min datter – ikke din. Forstår du det?”

**Børnepsykologen kigger op på John, da han er på vej ud. Hun ser betænksomt ud i luften og ryster så let på hovedet.**

# Kapitel 20

Engang havde jeg den opfattelse at særligt mænd reagerer kraftigt når uretfærdigheder overgår dem. Men MeToo-bevægelsen og de seneste krænkelsessager har overbevist mig om, at det ikke kun er mændene, der reagerer kraftigt.

Begge forældre bør som udgangspunkt have lige ret til barnet, og sådan er det måske nok i dag. Det er efter min overbevisning det bedste for barnet – og det bedste udgangspunkt for en samværsordning. Det er ikke nemt at opbygge en relation til barnet, hvis man kun har det en weekend den ene uge og en dag i den anden uge. Udgangspunktet må være en syv-syv ordning, så barnet kan nå at falde til ro begge steder. Så kan der være særlige forhold, der gør sig gældende. De må så dokumenteres og forhandles. Kan man ikke selv finde ud af det, må *Familiehuset* mægle og i yderste tilfælde træffe en afgørelse. I dag er det vel også i højere grad det, der tilstræbes.

*Fem mænd fortæller deres historie i foreningen "Aktive fædre". Der er en vejleder til stede:*

Far 1: "Det er skrækkeligt at man kun kan se sit barn hver anden weekend og så en dag i den uge, jeg ikke har ham. Man bliver ligesom blot en legeonkel. Jeg er heller ikke sikker på, at det er det bedste for ham. For der går ligesom noget tid inden vi er kommet ind i en rytme med hinanden, og så skal han af sted igen. Vi har lige haft ferie sammen i to uger. Der er en helt anden ro. Jeg har tænkt mig at søge mere sammenhængende tid. Min eks vil ikke høre tale om det. Nytter det at søge Statsamtet om det?"

Vejleder: "Jeg kan forstå, at din eks har fået forældremyndigheden. Så drop det. Få den ordning til at fungere på bedste måde. Med tiden kan du måske tale bedre med din eks og få lokket lidt mere tid ud af hende. Vær glad for det samvær, du har fået."

Far 2: "Min eks er flyttet med Marie. Hun er 4 år. Nu har jeg fire timer hver vej i bil. Det er jo mig, der skal hente og bringe. En gang lejede jeg et sommerhus og har boet på hotel derovre, men det kan jeg jo ikke blive ved med. Og det er dyrt med rejse og sådan. Tror I, der er mulighed for at hun kan få en institutionsplads, så hun går i to institutioner, og at vi så hver kan have hende to uger ad gangen?"

Vejleder: "Hun kan ikke gå i to kommunale institutioner. Men hvis du kan få en ordning i stand med din eks, kan du måske finde en *privat dagpleje*, hvis din eks går med til det. Og så kan I have hende en uge hvert sted."

Far 2: "Det går hun jo nok ikke med til. Jeg ved heller ikke hvor godt det er for min datter."

Vejleder: "Du kan selv flytte nærmere."

Far 2: "Det kan jeg ikke i forhold til mit arbejde. Og min kæreste vil ikke flytte."

Vejleder: "Du risikerer selvfølgelig også, at din eks flytter igen. Et eller andet sted hen. Så er du jo lige vidt. Prøv, om du kan få en ordning med forlængede weekends."

Far 2: "Det er måske en mulighed, da jeg har fleksibel arbejdstid og mulighed for at arbejde hjemmefra. I hvert fald en tid."

Vejleder: "Indtil hun er blevet så stor, at hun kan sendes med bus – eller med fly."

Far 3: "Min eks har et misbrug med stoffer. Hun ryger hash hver dag. Og ind imellem tager hun også andre stoffer … amfetamin og sådan. Det var derfor vi endte med at blive skilt. Jeg stoppede mit misbrug, da vi skulle have Lisette. Men hun fortsatte. Det kunne jeg ikke leve med. Alligevel fik hun forældremyndigheden. Jeg fortalte det til Statsamtet, men de behandlede det som noget, jeg bare fandt på. Og jeg kan jo ikke bevise noget."

Vejleder: "Hvad med en retssag om forældremyndigheden. Du har vel vidner?"

Far 3: "Det orker jeg ikke. Jeg har heller ikke råd."

Vejleder: " Måske er din eks indstillet på, at du kan have hende noget mere. Når hun er ude i et misbrug, har hun brug for tid til sig selv. Prøv at snakke med din eks om du kan få mere samvær, så hun har mere tid til sig selv."

Far 3: "Hun er jo kun 2 år og er meget knyttet til sin mor. Tror du jeg kan klare …"

Vejleder: "Selvfølgelig kan du det. Bare se at komme i gang."

John: "Jeg fortalte sidst om min situation. Kort fortalt har jeg ikke set min datter nu i fem år og er udelukket fra enhver kontakt."

Far 1: "Har du da gjort noget kriminelt eller ... ellers forstår jeg det ikke."

John: "Nej, jeg har ren straffeattest."

Far 1: "Så forstår jeg ikke. Du har slet ingen mulighed for kontakt?"

John: "Nej."

Far 1: "Hvad laver du?"

John: "Jeg er uddannet lærer ... underviser i pædagogik på et seminarium."

Far 4: "Jeg har siden sidst læst en amerikansk undersøgelse, der påviser, at børn skal have en kold tyrker væk fra moren i flere måneder for at barnet kan få genoprettet tilliden til faren for at få reetableret en følelsesmæssig relation til faren, når de længe har været adskilt."

Vejleder: "Det lyder som om, man i visse tilfælde må kidnappe sit eget barn."

John (spidser tydeligvis ører): "Den undersøgelse vil jeg gerne se."

Far 4: "Du kan låne artiklen og få lavet en kopi til næste gang."

Vejleder: "Desværre er kidnapning ulovligt."

John: "Jeg har også tænkt mig at gå til en advokat. Kender I nogen?"

Far 4: Du kan gå til *Ret og råd*. De må have en ekspert på området, som de kan henvise til."

Vejleder: "Retssager tager tid. Og når din datter har været så længe hos moren, er det nok svært ..."

John: "Jeg vil lægge sag an mod Statsamtet. "

Far 4: ”Du kan jo henvende dig til *Institut for menneske-rettigheder.*

John: ”God idé. Det vil jeg overveje. Hvordan går det med din sag?”

Far 4: ”Jeg har det samme problem som Hans. Men jeg har nu valgt at købe et lille sommerhus i nærheden.”

John: ”Du har jo også råd til det – du er jo læge.” (De ler)

Far 4: ”Eks'en skulle jo have halvdelen (de ler medleven-de), og jeg har stadig stor studiegæld. Så økonomien er meget stram. Jeg overvejer, om jeg kan få en deleordning, der er bedre end den, jeg har nu.”

Vejleder: ”Så skal du forsøge at få det aftalt med din eks. Du havde to piger, ikke? (Far 4 nikker) Statsamtet er altid en klods om benet.”

John: ”Har foreningen før medvirket til en retssag?”

Vejleder: ”Ikke økonomisk, kun med rådgivning.”

Far 3: ”Du kan vel søge støtte hos ”Mødrehjælpen”. (De ler)

Vejleder: ”Hvis sagen føres ved *Menneskeretsdomstolen i Haag*, kan du muligvis få fri proces, hvis en sådan sag ikke er afprøvet før.”

John: ”Så skal jeg vel kunne engelsk.”

Vejleder: ”Der er tolke.”

Far 3: ”Din datter når vel at blive 18 år, inden den er fær-dig.”

John: ”Kan jeg ikke rejse det som en principsag, der kan komme andre til gode. Vil foreningen støtte mig i en sådan rets-sag.”

Vejleder: "Jeg skal undersøge det."

Far 4: "Du kan vel også rejse en erstatningssag for svie og smerte."

John: "Kan jeg!"

Far 4: "Det må advokaten jo tage stilling til."

Far 3: "Nu kan man blive skilt over nettet. Ved I det."

Vejleder: "Ja, og Statsamtet burde i højere grad have mulighed for at tvinge forældre til fornuftige ordninger i stedet for, at kvinderne har fortrinsret til børnene. Det er en forældet ordning. De burde lave ordninger efter den, der er mest fornuftig i forhold til barnet. Hvis du, John, fik forældremyndigheden, ville du så udelukke hende fra at se sin mor."

John: "Nej, selvfølgelig ikke. Hun skal da have en mor, uanset hvad."


*John taler i telefon med veninden Susanne:*

John (i telefonen): "Jeg sidder her med svar fra Statsamtet … du ved, at jeg nu har været igennem den der undersøgelse med hende den lesbiske børnepsykolog … jamen det er hun … skidt nu med det … svaret er, at jeg … og nu læser jeg højt … *at det er bedst for Line at samværet med faderen indstilles indtil videre* … hvad siger du så … er jeg en skide kriminel nu eller hvad? … Og ved du hvad … jeg har hørt, at en far der har slået barnets mor ihjel har fået mulighed for at se sine børn i fængslet … Nej, jeg ved ikke om det er sandt … men hvis det er det, er jeg da værre stillet … De har intet på mig … og så gør de det her … … selvfølgelig … det vil være dejligt … men jeg er ikke hjemme fredag-lørdag, da jeg tager over til Bent. Han er lige blevet fyret … Jeg tager riflen med, så jeg kan skyde lederen, et rådyr … eller måske en børnepsykolog (de ler) … Ja, vi ses så.

# Kapitel 21

Jeg blev - ud over børnebidraget indtil Line fylder 18 år - pålagt at betale hustrubidrag i to år.

Maria havde desuden allieret sig med den kendte sagfører Jytte Thorbek. Jeg måtte udrede halvdelen af husets værdi og min opsparing. Jeg prøvede under retssagen forsigtigt at fremføre, at Maria højt og helligt havde svoret at der ikke var grund til særeje. Dette i forsøget på at appellere til Marias samvittighed. Som ventet havde det dog kun en hovedrystende virkning. Det er selvfølgelig heller ikke nemt at huske, hvad man sagde for syv år siden, og det stod jo ikke skrevet nogen steder.

Efter syv års samliv var forelskelsen blevet omdannet til kold forretning. Da jeg gav udtryk for at jeg gerne ville have min mors syæske som det eneste minde jeg havde om hende, svarede Maria at Line var så glad for den. Jeg svarede at hun også gerne måtte være glad for den hos mig. Men her syntes alle, jeg gik for vidt.


*John og Susanne sidder ved et lille køkkenbord:*

**John: "Har du for resten hørt fra den underretning, du sendte til Statsamtet."**

**Susanne: "Intet. De har ikke engang svaret, at de har modtaget underretningen."**

**John: "Jeg har heller ikke hørt noget. De kan da ikke bare sidde den overhørig?"**

**Susanne: "De kan gøre hvad de vil. Men de kunne da godt meddele, at de har modtaget den."**

**John: "Sådan er det sgu hele vejen igennem. Vi er ikke mennesker. Vi er sager…"**

**Susanne: "Hvad vil du nu gøre?"**

John: "Jeg er fuldstændig sat af og mistænkeliggjort. Jeg husker en sag, en studerende fortalte om. Det var en kvindelig pædagog, der havde taget en 6-årig sengevæder, en dreng, med sig i bad og låst døren til badet. Den studerende undrede sig over det og stillede scenariet op: Havde det nu været en mandlig pædagog, der havde taget en 6-årig pige med i bad og låst døren. Hvad var der så sket… Nej, vi mænd er per definition nogle liderlige sataner. Og en mor skal beskyttes uanset hvor åndssvag hun opfører sig. Med påviseligt falske anklager. En borderline karakter, og som du gjorde opmærksom på med psykisk omsorgssvigt. Hun har aldrig haft et fast arbejde …"

Susanne: "Ja, mor og datter er åbenbart en enhed, som mænd ikke skal blande sig i, når det kommer til stykket."

John: "Dine piger – de ser jo deres far. Og jeg kan være sammen med dine piger, men ikke med min egen datter. Det er forrykt."

Susanne: "Der er jo nok ikke noget at gøre. Sådanne sager afgøres på et skøn. Pigerne er i øvrigt glade for dig."

John: "Tak … Men, Statsamtet har jo ikke noget på mig."

Susanne: "Det har de åbenbart nu."

John: "Jamen alt er jo tilbagevist. Og de mener at vide, hvad der er bedst for Line. At være alene med en syg mor. Og ingen chancer for at se sin far. Kan man ikke lægge sag an mod Statsamtet."

Susanne: "Du har jo klaget til både Psykolognævnet over den børnepsykologiske undersøgelse og til Civilretsdirektoratet over afgørelsen."

John: "Ja, og de har ikke givet mig ret i noget som helst. De beskytter hinanden. Jeg har også sendt til ministeren. Hun har heller ikke reageret. Alle bøjer sig for Statsamtets afgørelse. De er nærmest sidste retsinstans i sådanne sager."

Susanne: "De kan ikke gå ind i konkrete sager."

John: "Jeg ved ikke, hvor hun bor, da hun er flyttet og kan heller ikke få det oplyst. Jeg kan ikke engang sende Line en fødselsdagsgave, ringe til hende, sende en sms. Om få år aner jeg ikke hvordan hun ser ud … Jeg kan kidnappe hende … eller jeg kan klage til menneskeretsdomstolen."

Susanne: "Kidnappe?"

John: "Ja, kidnappe hende … tage hende med til Sverige, så hun kan opleve at være sammen med mig i tre måneder … hun vil sikkert savne sin mor en tid, men så opdager hun vel at det går fint med far … en kold tyrker."

Susanne: "Det gør du bare ikke."

John: "Så er der kun advokaten tilbage. John mod staten."

Susanne: "Det er måske en mulighed. Men det tager tid."

John: "Ja men måske kan man få en organisation med sig – *Foreningen Far* eller hvad med *Mødrehjælpen*." (De griner).


# Kapitel 22

*John er i sommerhus med Susanne og hendes datter Inge (9 år). De arbejder i haven. Lise (12 år) kommer senere til.*

John: "Hvad siger din eks til, at vi har fjernet buske … ja til alt det, vi har lavet?"

Susanne: "Han er garanteret ligeglad. Han vil bare slappe af, når han er her."

John (henvendt til Inge): "Du har godt nok knoklet på. Fantastisk."

Inge (smiler): "Synes du. Det er nu meget sjovt."

Susanne: "Vi trænger til noget at drikke."


*De sidder på trappen med øl og sodavand.*

Susanne: "Det er flot. Meget bedre. Nu kan man da komme rundt."

John: "Nej, det er ikke sjovt med stikkende hybenbuske over det hele."

Inge sidder ved siden af John og læner sig pludselig op mod ham. John lader umiddelbart som ingenting. John skeler til Susanne, der også har set det. De sender hinanden et skjult smil. Sådan sidder de lidt, indtil Inge sætter sig op. John tager Inge om skulderen og giver hende et klem.

John: "Skål ..." (De skåler).

John: "Hvad siger I til at holde fri i eftermiddag og cykle hen og spille tennis."

Susanne: "Hvad om I to smutter af sted, Vi har jo kun to cykler. så laver Lise og jeg aftensmad."

John: "Så kan det være, Lise vil med til fitness i morgen?"

Susanne: "Det lyder som en rigtig god idé."

Inge: "Jamen jeg kan ikke spille tennis."

John: "Nej, men så må jeg jo hellere lære dig det. Så kan du jo se, om det er noget for dig."

Lise (kommer): "Hvor er her blevet pænt ..."

Inge (afbryder): "John og jeg skal spille tennis."

John: "Netop. Og hvad siger du, Lise, til at komme med mig til fitness i morgen?"

Inge: ”Det lyder da sjovt.”

John: ”Godt, så er det en aftale.”

Lise (trækker af sted med Inge): ”Kom.”

*Inge og Lise går. John kigger på Susanne!*

John: ”Er det i orden for dig?”

Susanne: ”Du er bare alle tiders.”

John: ”Vi kan sagtens lave det om.”

Susanne: ”Det er bare så dejligt, at pigerne holder af dig.”

John: ”Og jeg kan også godt lide dig.” (Giver hende en krammer)

*Inge og John cykler.*

Inge: ”Savner du aldrig din datter?”

John: ”Det kan du tro. Meget.”

Inge: ”Hvor længe siden er det, du har set hende?”

John: ”Vel nok fem år.”

Inge: ”Så længe! Hvorfor må du ikke se hende?”

John: ”Det må jeg forhåbentlig også en dag.”

Inge: ”Jamen hvorfor?”

John: ”Jamen det forstår jeg jo heller ikke.”

Inge: ”Jeg synes, det lyder underligt.”

John: ”Det synes jeg også. Så nu er vi to.”

Inge: ”Jeg kan da godt se *min* far.”

John: ”Ja, det er rigtig dejligt for dig ... at din far og mor kan finde ud af dét.”

Inge: ”Kan du ikke bare sige, at du vil se hende.”

John: ”Det har jeg skam gjort rigtig mange gange. Line er jo på alder med dig.”

Inge: ”Ja. Hvis hun var her, kunne vi lege sammen. Er hun sød?”

John: ”Hun er lige så sød som dig.”

Inge: ”Er hun? Hun savner dig nok.”

John: ”Hvorfor tror du det?”

Inge: ”Det ville jeg da gøre.”

John (smiler): ”Jeg sidder også en gang imellem og græder, fordi jeg ikke kan se Line?”

Inge: ”Græder du?”

John: ”Ja, men så hjælper det, at vi to kan hygge os sammen. Glæder du dig til at spille tennis?”

Inge: ”Jaha!”

John: ”Skal vi se, hvem der kommer først hen til træet?”

John lader som om, han træder til. Inge spurter af sted.

# Kapitel 23

*John taler med Statsamtet:*

John: "Jamen "indtil videre" som I kalder det er efterhånden blevet til 5 år … Hør her, jeg aner ikke, hvordan hun ser ud … jeg ved ikke hvor hun bor … jeg kan ikke kontakte hende … jeg kan ikke få at vide, hvordan hun klarer sig i skolen … om hun er syg. Jeg kan ikke engang sende hende en fødselsdagsgave … Det er jer, der har ansvaret for alt det her … og I har jo ikke noget på mig … 12 personer med pædagogisk-psykologisk baggrund har anbefalet samvær … og de kender mig personligt … og de har underretningspligt … Hvorfor siger I så nej til at organisere et møde hos jer … Det er ikke jeres opgave, siger du … min datter har ret til sin far … Hun vil ikke se mig, siger du … det er moren, der ikke vil have at hun skal se mig … jeg har vel også noget at skulle have sagt … Jamen derfor kan I vel godt lave et møde, hvor jeg kan snakke med hende … jeg har vel også noget at skulle have sagt … Ikke jeres opgave, når hun siger nej … Og I kan ikke tvinge hende … Når *I* kan snakke med hende, kan *jeg* vel også. Jeg er jo ikke kriminel, og jeg er vant til at omgås børn. Min venindes døtre på samme alder må jeg se, men ikke min egen datter … Hva'? … Civilretsdirektoratet – I hænger jo sammen som ærtehalm … Ok – jeg giver op, tænk sig at man i Danmark kan forhindre en retskaffen, ressourcestærk far med pædagogisk-psykologisk indsigt i at se sin egen datter – vi mænd har sgu ingen rettigheder, når det kommer til stykket – ærgerligt at I alle sammen er kvinder derinde. Og moren går fri for falske anklager og evindelig samværschikane, og I tager jer ikke af, at moren har fået en underretning om omsorgssvigt. Jeg har oven i købet undervist moren og ført hende til eksamen … I er sgu ikke nemme at blive kloge på. Nå, skulle du komme på andre tanker, er du velkommen til at kontakte mig. Hej."

**John (smider mobilen over på sofaen):** ”Ja, så er der jo ikke andre muligheder end at kidnappe hende.”

# Kapitel 24

I en følelse af afmagt, uretfærdighed, fortvivlelse og savn overvejede jeg hjælp fra en retsinstans. Kan det være rigtigt at det danske Statsamt kan bortdømme en far fra at se sit barn med et *indtil videre*, som nu har varet i 5 år, uden at genoptage sagen. Og burde Statsamtet ikke medvirke til muligheden for at sammenføre far og barn igen. Det var jo dem, der havde frataget mig enhver mulighed for kontakt med Line. I det mindste burde de være forpligtet til at arrangere et møde mellem mig og min nu 10-årige datter.

*John taler i telefon med en advokat fra ”Ret & råd”:*

**John:** ”Og du er den ekspert, jeg skal have fat i, når det drejer sig om sager vedrørende menneskerettigheder ... Nå, det lyder godt ... og du har forstand på familieret ... Nå, nå ikke sådan, ok ... Men du mener, der skulle være chancer ... Ok, det taler vi om, når vi ses ... du skal så også have styr på det økonomiske ... Jamen, så ses vi der ... Jeg tager sikkert en veninde med ... Godt, vi ses.”

*John og Susanne er hos advokaten Knud:*

**Advokat:** ”Som jeg sagde til dig i telefonen, har jeg erfaringer med at føre sager ved *Den internationale domstol*. Din sag er en sag mod Danmark. Det fører ikke til, at du får din datter at se..”

**John:** ”Det er jeg godt klar over, men jeg vil ...”

Advokat: "Jeg har umiddelbart ikke hørt om nogen fortilfælde på dette område. Men det vil jeg undersøge. Det vil betyde, at vi har mulighed for at få fri proces. Om vi får det er en anden sag. Dels fordi sager som i dit tilfælde beror på fagfolk, psykologer og sagsbehandlere og ..."

John: "Hvis jeg ikke ..."

Advokat: "På den anden side har du kørt sagen helt til tops – civilretsdirektoratet, ombudsmanden, psykologiske ankenævn. Det er hårde odds, vi er oppe imod."

John: "Tror du så, at ..."

Advokat: "På den anden side er jeg den bedste, du kan få - med de erfaringer, jeg har. Vi skal have aktindsigt hos Statsamtet, og så skal jeg have lagt en strategi. Svie og smerte. Din datter kan du godt opgive. Men vi søger erstatning for svie og smerte."

Susanne: "I dag er udgangspunktet fælles forældremyndighed ved skilsmisse. Vil det påvirke ..."

Advokat: "Ikke noget som helst. Det afgørende er, om staten har administreret lovgivningen på en sådan måde, at den krænker det enkelte menneskes rettigheder, som det klart er tilfældet her. Vi ved selvfølgelig ikke, hvad staten på den anden side har liggende. Politiet ..."

John: "Jamen, Statsadvokaten har jo meddelt, at der ikke er ..."

Advokat: "De interne undersøgelser og samtaler med din datter, læger og skole, civilretsdirektoratets grundlag for stillingtagen er ..."

John: "Lederen i Statsamtet har tidligere været ansat i Civilretsdirektoratet."

Advokat: "Ok – men der vil sikkert gå 3-4 år."

John: "Jamen, du kan jo give besked, når du ..."

Advokat: "Jeg skal nok kontakte dig. Og husk, at du skal være ærlig over for mig, så der ikke kommer nogen overraskelser."

John: "Det er klart."


*På vej ud.*

John: "Hvad synes du?"

Susanne: "Han virker kompetent."

John: "Han irriterer mig."

Susanne: "Hvorfor."

John: "Sådan som han hele tiden tromler frem."

Susanne: "Er det ikke det, de gode advokater gør?"

John: "Han skal lytte og stille spørgsmål. Så kan han på næste møde fremlægge, hvordan han vil gribe det an, hvad der er min opgave – og hans."

Susanne: "Det kunne han selvfølgelig."

John: "Jeg tror, jeg vil kontakte "Instituttet for menneskerettigheder".

Susanne: "Jamen de går jo ikke ind i konkrete sager."

John: "Nej, men de kan vel fortælle mig, om de er bekendt med lignende sager. Jeg mailer sgu til dem."

Susanne: "Gør det."

# Kapitel 25

*John i telefon med veninden Susanne.*

John: "Jeg kan klage direkte til *Menneskerettighedsdomstolen i Strasbourg* på dansk. Det kan jeg, når min sag er færdigbehandlet af de danske myndigheder, men der må højst gå 6 måneder efter afgørelsen. Hvis der går længere tid, vil klagen blive afvist ... Ja, så dropper jeg ham advokaten – han burde jo have informeret os om det her ... det bliver vist heller ikke til noget med ham ... Ja, ja ... Ja, jeg kan klage over den lortebehandling, jeg har fået af de danske myndigheder ... hvad ... ja, det koster en eller andet afgift ... det er lige meget ... Jeg skriver til dem i løbet af et par dage ... Ja, man kan kun klage over forhold, der vedrører en selv ... Jeg har fået det fra *Institut for Menneskerettigheder* ... Jeg ringer til Civilstyrelsen for at høre om retshjælp ... det er kapitel 8, der handler om ret til respekt for familieliv ... Jamen Susanne, hør lige her ... jeg skal nok gøre det kort ... de vedhæftede en masse afgørelser ... Fact sheets, som de kalder det ... sager der vedrører artikel 8. Men det er på engelsk ... jamen det er på fagsprog, så ... hvornår kommer du ... Ok ... fint ... vi ses ... hej."

*John ringer igen til Susanne efter en tid at have kigget ud i luften:*

"Hej igen. Ved du hvad. Jeg orker ikke at kæmpe mere. Jeg giver op – og en skønne dag har jeg måske fået energi til at finde frem til hvor hun bor og så kidnapper jeg hende! ... jo, jeg gør ... Hun skal lære sin far at kende, og jeg savner hende ... Hvis hun var død, måtte jeg lære at affinde mig med det ... men at vide at hun lever, og ikke kan kontakte hende gør ondt ... hun er jo ikke mere end 10 år nu, så hun skal ikke bestemme om hun vil se sin egen far ... en far har vel også rettigheder ... på samme måde som de børn eller unge der har behov for at opsøge deres biologiske ophav ... ja, ja, tak for din støtte ... hils *dine* piger ... hej."

# Kapitel 26

*Nogle år senere.*

Tankemylderet stoppede øjeblikkelig, da den blå gadedør til
nr. 6 pludselig gik op. Pulsen steg og det hele stod ligesom stille. Så
var det nu. Nu måtte alle forberedelserne stå sin prøve, og jeg vidste
hvad jeg ville gøre.

Det var hende, der kom ud i en gul sommerkjole. Over den
ene arm havde hun en blå trøje og i hånden en indkøbspose, antage-
lig med nogle tomme flasker. Hun havde en hvid tennishat på, hvor
hendes lange lyse hestehale stak ud. Det måtte være hende. Da hun
kom fri af hækken kunne jeg se, at hun havde hvide sneakers på. Så
stoppede hun op og tog et par solbriller frem.

I samme øjeblik steg jeg ud af bilen og gik hende i møde med
et kort i hånden. Det skulle se ud som om jeg bare var en, der ville
spørge om vej. Uventet kunne jeg mærke en nervøsitet. Den skyldtes
nok spændingen ved mit forehavende. Men sikkert også det faktum
at det nu var seksten år siden jeg sidst havde set hende. Et savn, der i
de næste to uger forhåbentlig ville blive omsat til en konkret følelse
af tilknytning: Far og datter.

**John holder i sin bil i vejkanten**

**Johns trommen på rattet holder pludselig op og bliver til
et fast greb om rattet og ansigtet retter sig fremad. Han stirrer
mod den gadedør, der gik op og sidder spændt et øjeblik.**

**En ung pige kommer ud.**

**John (mumler): ”Det må være hende!”**

**Kikkerten ryger om bagi sammen med jakken. Han snup-
per kortet fra passagersædet. Kigger sig hurtigt i bakspejlet og
lader hånden rette på håret. Derefter i sidespejlet og bagud, in-
den han åbner døren og stiger ud. Lidt springende og halvt i løb**

når han frem til hende i det øjeblik hun har taget solbrillerne på.

John: "Undskyld, må jeg lige spørge dig om noget?" og rækker kortet op, ligesom for at have et alibi for at standse hende.

Pigen: "Ja!" siger hun og kigger på kortet.

John: "Hedder du Line?"

Pigen: "Øh ja … Hvor ved du det fra?" siger hun og kigger op.

John: "Fordi jeg er din far." De kigger hinanden i øjnene og Lines mund åbner sig let måbende, men hun siger ikke noget.

John: "Har du tid et øjeblik … Line?"

Line: "Ja. Men jeg skal …!"

John: "Skal vi så ikke lige sætte os over i min bil. Jeg har noget, jeg skal spørge dig om."

Line (spagfærdigt): "Joh. øh …!"

John: "Fint, så er det det, vi gør!" Samtidig lægger han armen let om hende og fører hende over til bilen, åbner døren for hende og hun stiger ind. Da John selv har sat sig ind, låser han ubemærket hendes dør, starter bilen og kører.


# Kapitel 27

Gensynet med min datter ramte en dyb følelse, som ligesom skyllede seksten års afsavn væk. Mærkeligt som blodets bånd er stærkt, Jeg havde genkendt nogle træk, og da hun kiggede mig i øjnene var det ikke blot et hej-med-dig, men en dyb følelse det ramte. Tilsyneladende var hun blevet lige så chokeret. Hendes bævende mund, hendes korte svar og det faktum, at hun nu sad ved siden af mig.

Jeg overvejede om jeg skulle sige noget først, eller lade hende starte. Tilsyneladende havde hun det på samme måde, for også hun sad tavs. Hun turde knapt kigge på mig, men jeg kunne mærke hendes hastige øjenkast, mens jeg kørte, ligesom hun sikkert kunne mærke mine.


**John – efter en pause, hvor de har skelet til hinanden: "Jeg tænkte, du havde lyst til at se mig!" (pause) "Lyst til at snakke med mig!" (længere pause).**

**Line (svagt): "Hvor kører du hen?"**

**John: "Hvad siger du?"**

**Line gentager (stadig svagt).**

**John: "Til Sverige!"**

**Line forundret: "Til Sverige?"**

**John: "Du ved ikke, hvad Sverige er?"**

**Line: "Du er åndssvag … undskyld!" (Smiler lidt).**

**John: "Ja, jeg tænkte at det er på tide, at vi to lærer hinanden at kende."**

**Line (efter en pause): "Mor venter mig!"**

**John: "Jeg har ventet på dig i seksten år, så hun kan vel godt vente et par uger!"**

**Line: "Hvad? Jeg bliver nødt til at ringe!"**

**John: "Gør du bare det!"**

**Line finder mobilen frem og sidder med den i skødet.**

**John: "Du kan jo bare sige, at du er sammen med far!"**

Line: "Du bliver nødt til at køre tilbage!"

John: "Hvorfor?"

Line: "Jeg har lovet at købe ind …"

John: "Du kan jo bare sige at hun må klare sig uden dig de næste par uger."

Line (bestemt): "Kør mig tilbage!"

John (lige så bestemt): "Nej!"

Line tager pludselig i rattet og bilen kommer i svingninger.

John (råber): "Hvad fanden laver du." og retter bilen op. "Vil du slå os ihjel?"

Line: "Så vend om?"

John: "Nej!"

Line forsøger igen at tage fat i rattet, men John når at gribe fat i hendes håndled og klemmer hårdt til og siger: "Nu stopper du."

Line kigger John i øjnene: "Slip mig!"

John: "Kun hvis du falder til ro!"

Line: "Slip mig!" John slipper langsomt grebet og Line trækker hånden til sig.

John: "Det gør du ikke igen!"

Line: "Så kør mig hjem!"

John: "Nej!"

Line: "Du ved ikke, hvad mor vil sige!"

John (med et smil): "Nej, og jeg er også flintrende ligeglad."

(Pause)

John: "Hvis du gør det igen, binder jeg dine hænder og tager mobilen fra dig.

(Pause)

John: "Ring nu til hende og sig at du er sammen med far … og at hun ikke skal forvente dig hjemme de næste seksten år."

Line ringer ikke.

De kører videre i tavshed.

# Kapitel 28

Et øjeblik blev jeg i tvivl. Hvorfor viste hun modstand? hvorfor var hun utryg ved at være sammen med mig? Jeg havde forberedt mig på det værste, men at hun viste modstand kom alligevel bag på mig.

Hun syntes at være viljestærk og vant til at få sin vilje. Jeg vidste at Maria var eftergivende over for sine børn og havde svært ved at fastholde sine grænser, hvis børnene viste modstand. De var vant til at få deres vilje. Var det det, der var årsagen? Var Line vant til at få sin vilje. Og var jeg den, der skulle holde fast. I så fald kunne jeg forvente flere magtkampe.

Men vende om – aldrig! Jeg måtte være forberedt på modstand under hele turen. Hvis det blev sådan, ville jeg ikke nå mit mål. Og turen ville blive en fiasko.

Jeg måtte finde ud af, hvad Maria havde bildt Line ind. Hvilken opfattelse af mig havde hun fået ind i sit kønne hoved, og var det muligt at slette den efter nu seksten år. Jeg vidste af bitter erfaring hvor blændende Maria var til at manipulere med sine omgivelser. Havde Line arvet eller tillært sig den samme evne og ville hun i så fald bruge den mod mig. Jeg ville givetvis få brug for mine pædagogiske evner, hvis mit forehavende skulle blive en succes.

Jeg var på en måde i et ukendt terræn mod målet: at oprette en bærbar far/datter-relation. En relation, der har ligget i dvale i alle de år. Og der var åbenbart lagt pigtråd og vejsidebomber ud. Skulle jeg gå i kast med at fjerne dem, eller var der en vej udenom, eller måske en slags genvej. Jeg håbede på det sidste.


*Ved den svenske grænse:*

Betjent: "Välkomna till Sverige. Får jag se ert pas!"

John viste passet på sin mobil.

Betjent: "Och den unge skönhet?"

John: "Hun er min datter!"

Betjent henvendt til Line: "Jaså, är du hans dottir?"

Line kigger på betjenten: "Nej!"

Betjenten: "Haha. Det kan hon inte neka. Hon likner ju du!" Betjenten trak sig tilbage og rakte venstre arm ud: "God tur!"

John kører frem samtidig med at han trykker på knappen, der lukker vinduet op og siger: "Han sagde at du lignede mig. Hvad synes du om det. min kära dottir!"

Line kigger tavst ud af vinduet, bort fra faren.

John: "Du kan lige så godt vænne dig til det. Men jeg har måske en konkurrent, som mor er flyttet sammen med? En bonusfar!"

Line svarer ikke.

John: "Ja, så er vi i Sverige. Skulle du ikke ringe? Der hvor vi skal hen er det måske ikke muligt at få et signal igennem. Så det skal være snart."

Line: "Hvor skal vi hen?"

John: "I et sommerhus langt ude på landet!"

Line: "Du har planlagt det hele."

John: "Ja, som du kan se! Og jeg har en forventning om at vi to nok skal finde ud af det."

Line: "Du kunne jo godt have spurgt!"

John: "Jeg har først lige fundet ud af, hvor du bor. Og jeg har ikke dit telefonnummer. Så det måtte blive sådan her."

Line: "Du kunne have spurgt mig, da vi mødtes?"

John: "Var du så taget med?"

Line svarer ikke.

# Kapitel 29

Jeg er kommet i tvivl. Jeg havde forventet en gensynsglæde, at hun straks var sprunget mig om halsen, da jeg sagde, at jeg var hendes far. I det mindste et smil, lidt imødekommenhed. I stedet fik jeg et måbende udtryk og attitude, der kun kunne oversættes til at hun hellere ville hjem til sin mor end at lære sin far at kende. Var hun bange for mig, eller var hun bare blevet overvældet. Efter knap en time havde hun over for en svensk politibetjent bekendtgjort, at hun ikke var min datter. Det havde jeg ikke forudset.

Umiddelbart havde hun ikke de samme følelser, som jeg havde. Men jeg valgte at tro på, at de var der, hvis jeg kunne komme forbi blokeringen. Hvordan jeg skulle komme det, havde jeg ingen erfaring med. Så jeg må se, om jeg kan finde den rigtige nøgle eller kode eller indgang – eller hvad det nu hedder. Min tvivl går på, om jeg kan magte det. Skal jeg føje hende og vende om?

John (drejer ind på vejen mod Stockholm): "Ring nu til din mor og fortæl hende, at far har kidnappet dig, ligesom *hun* gjorde for seksten år siden. Men at du nok skal komme hjem i god behold om to uger!"

Line: "To uger. Hvad så med alle mine aftaler?"

John: "Har du ikke sommerferie nu?"

Line: "Jo!"

John: "Så ring og aflys dem."

Line: "Det kan jeg da ikke lige. Hvad skal jeg sige?"

John: "Bare sig det, som det er. At du er blevet kidnappet af din far i to uger, og at han tager dig med til et sommerhus i Sverige. Og at du har det godt."

Line: "Jeg har det aldeles ikke godt."

John: "Hvad savner du da?"

Line: "At du kører mig hjem."

John: "Du skal nok blive kørt hjem!"

Line: "Nu!"

John: "Slap nu bare af. Vi skal nok få en god tur sammen. Vi kan jo lege far og datter!"

Line: "Jeg leger ikke mere!"

John: "Det er en skam. Du var ellers god til det. Jeg kan huske at jeg legede Lego med dig. Du byggede en masse rum, som var det dit hus. Jeg hjalp dig med at bygge sengen, som du lagde den lille i. Er du med?"

Line svarer ikke.

John: "Så sejlede jeg det store piratskib hen til dig og sørøverne kom og tog det lille barn. Sådan som jeg tit havde leget med drengene. Og de syntes det var spændende. "Nej!" sagde du og kiggede bestemt op på mig. Så måtte sørøverne sige pænt "Undskyld!" og give dig barnet tilbage."

John: "Da var du 4 år! Men nu leger du ikke mere, siger du."

Line sad stille og kiggede frem for sig.

# Kapitel 30

Jeg valgte at være mig selv. Det skulle være nøglen. Ikke noget spil. Ikke noget med at manipulere. Blot konfrontere hende med det jeg har på hjerte, og det der falder mig ind. Så må det briste eller bære.

Men turen skulle gennemføres. Det var en nødvendighed, havde de amerikanske forskere jo fundet ud af. De mente, det var nødvendigt med tre måneder. Jeg havde valgt to uger som min ramme. Gik det godt, kunne vi lave aftaler derfra. Gik det dårligt – ja, den tanke havde jeg aldrig ført til ende. Men hvad har jeg at miste, som min kloge veninde svarede. Jeg må blot nyde at jeg efter så mange år igen er sammen med min datter. Hun kan sikkert ikke huske noget som helst fra de første fire år af hendes liv. Og jeg må tilstå at jeg heller ikke husker så meget. Det er jo en evighed siden. Og da de sidste seksten år udelukkende har været fyldt af et savn er erindringen kun en tåge, man kan skimte igennem.


**John: "Jeg husker tydeligt noget af det sidste, vi lavede, var at sætte alle dine små dyr i en lang række, som om de var på vandring. Det var hjemme hos din mor, hvor jeg besøgte dig. Det gik vi meget op i. Men det kan du nok heller ikke huske. Det er jo lang tid siden. Og nu er vi her ... på vej op til et sommerhus. Jeg har bilen proppet med alt muligt lige fra nattøj til badetøj og**

sengetøj, drikkevarer, mad og alt muligt. Du kommer ikke til at mangle noget.”

Line tænder mobilen og ringer op: ”Hej mor .... Jeg sidder lige nu i fars bil … Ja, i fars bil, og det er ham der kører … Han vil ikke køre mig hjem før om to uger … Vi er i Sverige på vej til et sommerhus langt ude på landet … Jamen, hvad skal jeg gøre? … Han lokkede mig ind i bilen … Jeg har bedt ham køre mig hjem nu, men det vil han ikke … Du kan jo selv snakke med ham (slår medhøret på).

John: ”Hej Maria. Længe siden!”

Maria: ”Hvad har du gang i. Line vil gerne hjem …”

John: ”Hun er hjemme om 2 uger. Det lover jeg dig!”

Maria: ”Du kan da ikke bare sådan bortføre hende!”

John: ”Vi skal bare lære hinanden at kende igen..”

Maria: ”John, nu hører du hvad Line siger. Du skal straks køre hende hjem!”

John: ”Samværsordningen er helt skæv. Du har haft hende i seksten år, og nu får jeg hende i to uger. Kan du ikke høre at det er helt skævt. Det er ikke fair at jeg kun har haft hende i 2 timer. Og Line, nu må du godt slå medhøret fra. Forhandlingen om samværsordningen slutter her. Hej hej Maria. Dejligt at høre at vi igen er på talefod.”

Maria: ”Farvel mor, jeg ringer senere!”

Marias mobil knurrede, men hun tog den ikke. I stedet var det sikkert hende, der sendte Line en sms.

# Kapitel 31

Var der en snert af hævnakt i min måde at snakke med Maria på. I så fald fandt jeg det absolut berettiget. Men i dag har jeg afmonteret enhver vrede mod hende, og føler mig klar til at møde hende, men udelukkende i respekt for at hun er min datters mor.

At jeg har lidt afsavn må jeg leve med og kan tilgive, men at hun har fraholdt min datter i at have sin far er utilgiveligt. For som jeg har forstået eksperterne, vil Marias handling være til skade for Line. Forhåbentlig vil mit forehavende derfor være berettiget omend kun et plaster på såret. Et plaster må dog være bedre end ingenting, også selv om det vil falde af, men forhåbentlig først, når såret er helet.

Det, at Maria kun nævnede mit navn i forbindelse med ordren om at vende om, tolker jeg som en fjendtlighed. Hun vil have sin vilje og er her på linje med datteren. Hun holder med hende, er hendes allierede. Jeg bliver måske nødt til at sætte en kile ind imellem dem.

Line er voksen og burde have meddelt moren, at hun var sammen med sin far, at hun havde det godt, var i gode hænder, og at hun nok skulle klare sig. Hun burde berolige moren ud fra en vurdering af, at hverken moren eller hende selv ville kunne ændre på mit forehavende og på situationen. At det alene måtte blive en sag mellem hende og mig.

**John: "Hvorfor fortalte du ikke blot din mor, at du var sammen med din far, at du havde det fint, og at du kommer hjem om 2 uger? Nu bliver hun jo helt urolig og kan ikke sove om natten. Og måske involverer hun politiet."**

**Line: "Du kan jo bare sige, at du kører mig hjem. Det er dig, der gør hende urolig."**

**John: "Det ville være at lyve for hende. Jeg har jo netop**

sagt til dig at vi skal være sammen i to uger for at lære hinanden at kende!"

Line: "Og det skal du bestemme. Jeg er voksen, så du kan ikke bestemme over mig! Jeg har ret til min egen mening."

John: "Jeg har hørt din mening og respekterer den. Men når man er uenig, må man høre på argumenterne. Og så er det ikke nok at påberåbe sig at man er voksen. For det er jeg også. Og som jeg kan høre er vi ikke færdige med at argumentere på et par minutter. Det bliver nok passende med to uger. Vi skal jo også nå at finde frem til kompromis'erne der, hvor vi er uenige. Også det kan tage sin tid."

Line: "Det vil kun tage dig to timer at køre mig hjem!"

John: "Det er korrekt, men som jeg sagde er vi *ikke* enige om det."

Line: "Hvorfor ikke?"

John: "Fordi det ikke er en 4-årig, der skal bestemme, om hun vil se sin far."

Line: "Har jeg da gjort det?"

John: "Nej, muligvis ikke, men det har din kære mor gjort på *dine* vegne. Men det er en længere historie, som du kan få, hvis du har tid og lyst. Men sjov er den ikke."

Pause.

John: "Er du tørstig. Der er nogle colaer bag i bilen. Gider du tage dem?"

Line løsner sikkerhedsselen og finder frem til to colaer. Hun skruer lågene af, rækker den ene til John og tager selv en ordentlig slurk.

De kører videre uden at sige noget.

"Pling", Line har fået en sms: "Mor skriver at hun har

meldt det til politiet.”

John: ”Man har vel lov til at køre en tur med sin voksne datter.”

Line: ”Hun anmelder dig for at have kidnappet mig!”

John: ”Har jeg da det?”

Line: ”Ja, for du har gjort det uden at få lov.”

John: ”Af hvem?”

Line: ”Af mor og mig!”

John: ”Du må godt for din far.”

Line: ”Min far. Ha. Du har overhovedet ikke kontaktet mig i alle de år, og så kommer du bare brasende … og vil lege far, mor og børn.”

John: ”Det er ikke nemt at kontakte dig, når du har hemmelig adresse!”

Line: ”Jeg har ikke hemmelig adresse!”

John: ”Jo, det har din mor sørget for!”

Pause.

John: ”Jeg har engang forsøgt at kontakte dig gennem *Sporløs*, det er et TV-program, der …”

Line: ”Jeg ved godt, hvad det er.”

John: ”De var i stand til at kontakte dig og spørge om du ønskede at medvirke. Du sagde nej!”

Line: ”*Sporløs*. Det har jeg aldrig …!”

John: ”Så må det jo være din mor, der sagde nej!”

Line: ”Det var i hvert fald ikke mig!”

John: ”Du ville måske have sagt ja?”

**Pause.**

**John: "Du behøver ikke svare. Men jeg har savnet dig hele tiden og ser det her som en mulighed, da jeg ikke har kunnet spore din adresse gennem kommunen, Folkeregistret eller på anden vis. Den var jo hemmelig. Og du er ikke at finde på facebook eller andet."**

**Pause.**

# Kapitel 32

Jeg kunne mærke at det kom bag på hende, at jeg havde forsøgt at kontakte hende.

Det var altså Maria, der havde blokeret for *Sporløs*. Det ville i så fald kunne medføre et opgør med moren – eller i det mindste ville Line formodentlig stille krav om en forklaring. Den ville måske handle om at der var god grund til at beskytte hende og sig selv mod den forfærdelige mand. "Og se, nu har han igen skabt uro og ballade."

Og såfremt Line vidste besked, måtte der jo følge en forklaring på det. For så havde hun medansvaret. Og såfremt det var den dengang 14-årige Line, der havde sagt nej, stod hun alene med et forklaringsproblem. Jeg formodede på Lines reaktion, at det var Maria, der alene havde sagt nej. Hvem af dem, TV havde spurgt, ved jeg ikke; men de havde utvivlsomt henvendt sig til Maria. Lines svar "det var i hvert fald ikke mig" afgjorde at Maria var den ansvarlige.

Men for mig var synderen eller årsagen ikke så vigtig. Det vigtigste var mit budskab om, at jeg ikke havde svigtet Line, men hele tiden haft hende i tankerne og et ønske om en far-rolle i hendes liv, men at det ikke havde været mig muligt. Jeg valgte at fortsætte i det spor.

John: "Men der er noget, jeg ikke forstår - og som kun du kan svare på. Jeg har ikke haft hemmelig adresse eller hemmeligt telefonnummer. Jeg bor i dit barndomshjem. Du kan finde mig på Facebook og på det seneste også på Instagram. Du ved hvad jeg hedder, mens jeg ikke engang ved om du har mit efternavn længere!"

Kort pause.

John: "Som du kan forstå, er jeg interesseret i at vide, hvorfor *du* ikke har forsøgt at kontakte *mig*. Det er min fornemmelse at du ikke ønsker at svare på det lige nu. Og det er måske heller ikke så vigtigt at du svarer.

For mig er det vigtigere at fortælle dig, at jeg er blevet frataget alle mine muligheder for at kontakte dig. Jeg har ikke ønsket at svigte dig, men jeg er af myndighederne og din mor blevet frataget enhver mulighed for at komme i kontakt med dig. Du er naturligvis velkommen til at fortælle, hvorfor du mener, det er endt sådan. Men vigtigere for mig er det at vi nu har en chance for at lære hinanden at kende. Dig og mig. Far og datter."

Kort pause.

John: "At få fortiden på det rene tager tid, og det tager tid at finde ud af, om vi vil hinanden. Og tid har vi i de kommende to uger, hvor det kun er dig og mig. Det kan synes lang tid, men i forhold til seksten år er det en dråbe i havet. Og vi har meget vi skal have afklaret – og indhentet."

Kort pause.

John: "Hvis du hørt, hvad jeg har sagt, vil du så ikke nok række en hånd i vejret. Og hvis du ikke har, kan du bare fortsætte med at ryste på hovedet."

Efter en kort pause rækker Line hånden i vejret. Svarer dernæst på en sms.

# Kapitel 33

Så er formålet med mit forehavende ridset op. Nu er det så spørgsmålet om Line er med på den. Hun rakte hånden i vejret, men sendte samtidig en sms. Måske meddelte hun moren, hvor vi befandt os, og jeg ville hvert øjeblik kunne forvente at se blå blink. Snart ville jeg dreje fra motorvejen og ind på de mindre veje. Line havde nok ikke set nummerpladen, men kunne jo se at bilen var sølvfarvet og på rattet, at det var en Suzuki.

Skulle politiet komme, måtte det være det. Så havde Line truffet sit valg i samråd med moren.

Men kom de ikke, var det for mig et tegn på at Line var interesseret i at fortsætte. Jeg kunne så sætte mit første flueben. Hen på eftermiddagen ville vi være fremme. Der var vel godt en times kørsel endnu.

Mit første indtryk af Line var positivt. Hun er en flot pige, virker selvstændig; men er stadig afhængig af sin mor. Modstanden mod mig virker ikke som modvilje; men snarere som en protest mod bortførelsen. Og så en snert af at hun har følt sig svigtet, at det er min fejl, at den store superfarmand ikke bare havde brugt sit røntgensyn. Hvis det er tilfældet, må de informationer, jeg gav hende, være kommet som et chok. I så fald vil jeg ikke grave mere i dét.

Nu har jeg fået sagt at jeg ikke er Supermand. Men jeg fik også meddelt, at hun selv bar en stor del af ansvaret, eftersom hun alle årene har haft en stående invitation, som hun ikke har benyttet sig af. Og så må vi se fremad, medmindre hun selv har brug for at uddybe dét yderligere.


*John drejede af fra motorvejen:*

**John: ”Vi får noget at spise, så snart vi er fremme om en times tid. Sig til hvis du skal tisse.”**

Line: "Det skal jeg."

John: "Ok, jeg finder et sted!"

De kører igennem en mindre by.

Line peger på en kro: "Hvad med det sted!"

John: "Jeg kender et smukkere sted!"

John standser i en skovstrækning: "Værsågod Mylady!"

Line: "Jeg skal mere end det."

John: "Der er en køkkenrulle i lommen på døren!"

Line tager køkkenrullen og vil åbne døren: "Jeg kan ikke komme ud."

John trykker på knappen, så Line kan komme ud og stiger selv ud for at strække benene og kigger på uret. Efter en tid kigger han uroligt på uret igen: "Fandens til tid! Nu har hun sikkert ringet til gud og hver mand - og stukket af."

Line kommer tilbage med en buket skovblomster, der er sat fast i røret på køkkenrullen: "Værsågod den Herre, og tak fordi jeg måtte køre med Dem!"

John: "Tusinde tak for de smukke og velduftende blomster. Det var særdeles betænksomt af Dem, Mylady! En gestus som for mig også har en symbolsk værdi."

Line: "En symbolsk værdi?"

John: "Når ord ikke slår til, kan man sige det med blomster."

Line: "En ganske indsigtsfuld betragtning." (Line nejer og fejer med armene). "Og tak fordi jeg måtte nyde den friske luft og skovens dufte. Svenske skove er noget helt for sig - og nemme at fare vild i."

John: "Ja, man skal træde varsomt ... Jeg har vand bag i

bilen, såfremt Mylady har lyst til skylle de hænder, der så nænsomt og med omtanke har plukket denne buket.”

Line: ”Det behøves ikke. Jeg foretrækker at bevare duften af blomsterne.”

De sætter sig ind. John overvejer et kort øjeblik at låse hendes dør, men gør det ikke.

John rækker blomsterne til Line: ”At give blomster er et tegn på hengivenhed eller tilgivelse. Vil Mylady venligst passe godt på blomsterne. Så vil jeg til gengæld sørge for, at vi kommer sikkert frem til bestemmelsesstedet.”

Line: ”Som De har bestemt, min Herre.”

John: ”Som jeg har bestemt, Mylady! … Jeg kan mærke at vi, Mylady, ikke har glemt at lege. Det glæder mig usigeligt!”

Line: ”Jeg takker for det fine kompliment – og Deres evne til at observere dét, der ikke så nemt siges med ord.”

John: ”Jeg takker Deres forståelse for, at de rette ord ikke altid er nemme at finde. Men såfremt Mylady ikke skal noget i aften, vil jeg gerne byde på en udsøgt middag, og der forsøge at finde de rette ord. Jeg vil endda gøre mit bedste for at lytte opmærksomt til, hvad De har at fortælle. Omend budskabet er trist, vil jeg lytte med besindighed. Det kan jeg love Dem og vil - med denne buket som vidne - sværge Dem hengivenhed til evig tid. Ord skal være frie - ikke bare hænge i luften som en vissen blomst.”

Line: ”Jeg fornemmer Deres ædle hensigter – og at de vil opføre Dem som en sand gentleman og ikke forgribe Dem på situationen!”

John: ”Jeg forstår, hvad der ligger til grund for Myladys bemærkning, og vil snarest køre Dem hjem til Deres dronningemor, såfremt De måtte ønske det. Men giv mig til gengæld venligst nogle dage med åbent sind, for kun sådan lever vi ikke forgæves. Og jeg vil være som den far, De aldrig rigtig har haft.”

Line: ”De taler som en gentleman, min Herre. Lige efter min smag.”

John: ”Når denne buket er visnet, vil jeg med glæde se frem til en helt ny og frisk buket.”

Line: ”Jeg forstår den velvalgte metafor.”

John: ”Så fine ord, Mylady omgiver sig med. Så jeg forstår, at de tager imod indbydelsen!”

Line: ”Jeg synes ikke at have noget valg … jeg mener, så veltalende De er.”

John: ”De er skarpsindig, Mylady! Et karaktertræk, jeg sætter meget pris på. Og De må vise overbærenhed, hvis jeg forlanger for meget. Jeg har trods alt mindre tid til snak end De, Mylady, der har den ungdommelige charme, mens jeg må takke guderne for at jeg er i stand til at nyde mit otium.”

Line: ”De ser nu ikke værst ud, deres alder taget i betragtning – med forlov - og synes at have bevaret Deres fulde fornuft og førlighed.”

John: ”Ja, det er ikke alle, der er det forundt! Men ikke desto mindre føler jeg mig forpligtet til at bruge den fornuftigt. Især i Deres selskab, synes tiden brugt godt og rigtigt. Og skulle der her og der være brug for lidt rådgivning, stiller jeg mig gerne til disposition, endda med glæde. Det vil altid være et tegn på at man er i live, såfremt nogen stadig har brug for én, om ikke andet for hyggens skyld. Er der noget bedre end at være i godt selskab?”

Line: ”Det er så sandt som det er sagt, vise Herre!”

# Kapitel 34

Er der noget der kan forløse, så er det et rollespil. Her kan man spille den, man har lyst til. Sige ting, man ellers har svært ved at finde ord for. Rollespillet får en til at spille sammen. Gribe og begribe hinandens ord.

Det faldt helt naturligt. Helt spontant. Ingen forberedelse. Ren nydelse. Mindeværdigt. Særligt når man som her kan blive i rollen og samtidig opfange de forskellige lag. Man spiller sammen, er ikke imod hinanden. Man kan være uenige samtidig med at det ikke opleves som et personligt angreb. En god oplevelse. Hele turen værd. Første gang jeg fik prøvet det. Mylady var åbenbart det kodeord, der udløste rollespillet.

Jeg oplevede det som et vendepunkt. En indgangsvinkel, der tydede på at hun spillede med. Men jeg besluttede mig for ikke at spille rollen videre. Rollespillet er slut. Tæppet nede. Et fælles minde er skabt.

Når vi når frem, vil det blive de praktiske opgaver og de fælles oplevelser, der skal udbygge fællesskabet. Vil hun deltage hel- eller kun halvhjertet - eller surmule?

**John kører op langs sommerhuset og parkerer bilen: "Ja, så er vi her. Her er nøglen. Gå du bare ind!"**

**Line tager nøglen og går ind.**

**John starter med at tage madvarerne ind, tænde for el'en og køleskabet, åbne for vandet og går ovenpå. Finder Line liggende i dobbeltsengen: "Er den ok?"**

**Line svarer med et: "Mmmmm!".**

**John: "Så er sengen din, og det er dit værelse!"**

**Line: "Og hvor vil du så være? I det lille værelse?"**

John kigger hende i øjnene: "Mmmmm. Jeg behøver ikke meget plads for at lukke øjnene. Og luk døren, for jeg snorker."

John slæber ting ind og lægger dem i stuen. Riflen og bøssen lader han ligge i rummet under bagagerummet. Til stor glæde ser han tingene forsvinde og finde sin plads i huset. Da han kommer ind med de sidste ting, er der dækket bord til to. Blomsterne står i en vase.

John: "Hvor er du huslig!"

Line: "Mmmmm."

John kigger ud af vinduet: "De blå blink der – er det politiet, der kommer?"

Line: "Hvad?" og styrter hen til vinduet og kigger søgende ud.

Line (slår John med knyttede næver men ikke hårdt): "Du trænger til nye briller!"

John: "Er du sulten?"

Line: "Mmmmm. Jeg har jo ikke engang fået morgenmad!"

John: "Vi skal også have hugget brænde. Når solen går ned om et par timer, kan det godt blive koldt. Hvad vil du helst. Lave mad eller hugge brænde."

Line: "Du tror måske ikke, at jeg kan hugge brænde? Hvor er øksen?"

John: "Den er ude i skuret, og det er brændet også. Huggeblokken tager du bare ud i det frie. Det er jo dejligt vejr. Jeg kommer og henter dig, når maden er klar."

John holder øje med Line. Hun holdt for højt oppe på skaftet, så der ikke rigtig kom slag i den. Han gik ud til hende: "Lån mig øksen et øjeblik." Hun giver ham øksen. "Stå lidt længere fra, spred benene, hold for enden af økseskaftet. Slip træet, så snart du bevæger øksen mod træet. Jeg viser dig det lige igen. Nu er det din tur. Spred benene noget mere. Fint som du står nu og så hugger du til.”

Line: ”Tak for hjælpen!”

John: ”Hvad har man en far til! Prøv igen ... Sådan. God arbejdslyst.”

Mens Line huggede brænde, gjorde John maden klar.

# Kapitel 35

At hun hjalp til tog jeg som et positivt tegn og satte endnu et flueben. Hun reagerede også positivt på mine anvisninger. Hvis hun stadig var trodsig, ville hun have afvist min hjælp.

Foreløbig tegnede alt positivt. Men jeg fornemmede at der var en lang vej endnu. Jeg kunne se fremskridtene, og at der var grund til at rose hende. Men det gjorde jeg ikke, fordi jeg i denne fase selv ville have oplevet det som manipulation. Det er ikke sikkert Line ville opleve det sådan, men jeg havde valgt at tro på min egen intuition, være mest mulig mig selv. Ros ville hun kunne opleve som om jeg opfattede hende som et ”pattebarn” på nuværende tidspunkt og ikke som en ”voksen kvinde” – fornemmede jeg.

Og jeg vidste at der fandtes andre måder at vise anerkendelse på end at bruge ord. Hun anerkendte mig ved at give mig lov til at hjælpe. Jeg anerkendte hende ved at gå igen, da det lykkedes hende at hugge brændet i ét hug. Missionen var fuldendt. Mission completet.


**Line kommer ind med brændet, og de sætter sig til bords. Der er**

dug på bordet, stearinlyset er tændt.

John: "Der er postevand, men hvis du foretrækker vin, trækker jeg gerne en flaske op!"

Line: "Det er fint sådan!"

John: "Vandet er altid koldt her, og det er hverken jern- eller kalkholdigt. Nærmest kildevand ... Ja, så ved du det!"

Line: "Har du været her før?"

John: "Ja, to gange. Begge gange med din mor. Vi holdt vores bryllupsrejse her."

Line: "Her?"

John: "Ja, så havde vi det for os selv, kunne gå ture, sejle i kano!"

Line overrasket: "I kano!"

John: "Der ligger en stor sø ikke langt herfra."

Line: "Jeg kan ikke forestille mig mor sejle rundt i en kano!" (De griner).

John: "Kan du forestille dig selv i en kano?"

Line: "Øhm, ja."

John: "I morgen?"

Line: "Ja!"

John: "Så har vi en aftale. Og du kan vel svømme?"

Line: "Selvfølgelig kan jeg svømme!"

John: "Jeg kan ikke svømme, så jeg regner med at du redder mig, hvis der skulle ske noget!"

Line: "Redder dig. Ikke tale om, du har bare at lære at svømme."

John: "Du kan vel lære mig det? Jeg er lærenem."

Line: "Helt ærligt. Kan du ikke svømme?"

John: "Nej, men du har vel ikke noget imod at lære mig det! Nu hjalp jeg dig med at hugge brænde, så det er vel kun rimeligt at du lærer mig at svømme."

Line: "Seriøst ... Jeg har ikke nogen badedragt med!"

John: "Så må du jo bade nøgen."

Line kigger skeptisk på John: "Det kunne du lide, hva'?"

John: "Ja, selvfølgelig ... Nej, jeg laver sjov. Jeg har pakket det hele til dig, også en badedragt, som jeg håber du kan passe ... tandbørste, nattøj, træningsdragt osv. Der er alt hvad du behøver. Ellers må vi jo finde ud af at købe det til dig."

Lines mobil ringer. Hun tager den og går udenfor.

Da hun kommer tilbage er der taget af bordet og John siger: "Jeg går ud fra at du var færdig med at spise!"

Line: "Ja ... tak."

John: "Nu vil jeg foreslå at du tænder op i pejsen, imens jeg vasker op. Så mødes vi om en time."

Line: "Mmmmm!"

John: "Det lyder angiveligt som et ja!"


# Kapitel 36

Så langt, så godt. Foreløbig var det gået over forventning.

Men forude lurede uundgåeligt de svære samtaler. Måske kom de i spil allerede i aften ved pejsen. Det var ikke til at forudse, hvad der ville komme op. Jeg ville i så fald undgå at kritisere hendes mor. Men ville det være muligt, hvis hun spurgte mig om årsagen til at vi blev skilt: Jeg kunne jo blive presset til det. I så fald måtte jeg understrege, at det kun var *min* mening om det, og at Maria sikkert havde en anden mening. En mening, vidste jeg, som hun uden tvivl havde hørt, fordi den måtte rumme Marias alibi for at holde mig ude af Lines liv.

Jeg havde gennemtænkt nogle scenarier ved at svare på nogle af de spørgsmål, jeg kunne forestille mig, Line ville stille. Men ofte tog jeg mig selv i at give Maria skylden. Jeg har i virkeligheden sat min røv i klaskehøjde. Men jeg trøstede mig med, at hvis jeg ikke havde gjort det, ville jeg resten af mit liv ikke få min datter at se. Nu var der gået alle de år. Så sandsynligheden var stor for at det ellers bare ville fortsætte sådan.

Jeg betragtede risikoen i mit forehavende sådan, at hvis det mislykkedes ville jeg trods alt opnå, at konflikten mellem Maria og mig ville blive flyttet til en konflikt mellem Line og mig. Herved ville jeg på en måde være fri af Maria og Statsamtet.

Tilbage var det så alene et spørgsmål om Line og jeg kunne nå frem til en meningsfuld relation ud over blodets bånd, der jo som man siger er tykkere end vand, hvordan det nu skal forstås.

Det var den meningsfulde relation, jeg havde inviteret min datter op til dans omkring. Min form for inklination kan diskuteres, men formålet ligger fast.


**John havde trukket en flaske rødvin op og stillet to glas frem på et lavt bord ved pejsen og skænket til sig selv. Her sad han og kiggede ind i den dragende ild, da Line kom i den træningsdragt, han havde taget med til hende. Den passede hende heldigvis. En størrelse medium. Line satte sig og hældte vin op i sit glas. Uden at sige noget, skålede de. Og sad tavse en tid.**

**John: "Er du ok?**

Line: "Mmmmm."

John: "Nu er der kun os to. Jeg håber du er tilpas i mit selskab. Jeg håber også at du kan se meningen med alt det her. At jeg ikke har til hensigt at skabe splittelse mellem dig og mor. I har det, som I nu har det. Men det er mit håb, at der i dit hjerte også er plads til mig, som der altid har været i mit … Jeg har ikke haft mulighed for at give dig en fødselsdagsgave eller en julegave. For jeg vidste jo ikke … Jeg har ikke haft mulighed for at hjælpe dig med lektierne selv om jeg er skolelærer … ikke haft mulighed for at trøste dig … hjælpe dig i al den tid … mulighed for at give dig en krammer eller læse godnathistorie. Seksten år gik der - og nu er du voksen. Du må have undret dig over hvor jeg blev af, ligesom jeg gjorde. Og nu sidder vi her. Skål!"

Line: "Skål! … Jeg forstår, hvad du siger. Hvorfor blev det sådan?"

John: "Du ved det ikke?"

Line: "Nej!"

John: "Vi behøver ikke snakke om, hvorfor det blev sådan. Vi kan vælge at springe det over og blot bekymre os om fremtiden!"

Line: "Hvorfor blev det sådan? Jeg tror, jeg har brug for at vide det."

John: "Så skal du være indstillet på at det tager lang tid og at meget af det vil være præget af mit syn på, hvad der skete. Og det kan ikke undgås at jeg vil drage både din mor og Statsamtet til ansvar. Og det er jeg ikke sikker på er fair, da vi jo så mangler din mor og Statsamtets syn på sagen."

Maria: "Sådan må det være. Jeg har brug for din forklaring. Så må mor fortælle sin version og statens."

John: "Statens syn på sagen kan du kun få, hvis mor har papirerne fra dengang. Selv er jeg blevet rådet til at smide dem ud for at komme videre, som man siger. Så jeg har ikke nogen papirer jeg kan vise dig. Men som sagt. Det er muligt at mor har.”

Line: ”Jeg vil gerne høre din version!”

John: ”Så skal du bevæbne dig med tålmodighed. Vi må tage det bid for bid, hvis du vil have det fulde billede. Men du kan selvfølgelig også vælge den korte version.”

Line: ”Jeg vil høre det hele!”

John: ”Det har jeg dyb respekt for. Og vi har jo god tid. Skal vi ikke bare sige at det var nok for i dag. Vi har jo god tid og kan tage fortiden i mindre bidder. Det er nemmere at fordøje. Mit forslag er at dele dagen op i to. Om dagen oplever vi et eller andet sammen og går på opdagelse. Om aftenen sidder vi ved pejsen og snakker om de her ting. Jeg skal jo også høre, hvad du har bedrevet i al den tid. Og du skal også høre om dine brødre og små nevøer. Hvad siger du til det?”

Line: ”Jeg synes ikke, vi behøver at dele det så skarpt op.”

John: ”Ok. Vi laver en cocktail. Skal vi skåle på det?”

Line: ”Skål.”

John: ”Lad os sidde lidt og kigge ind i ilden, nyde ildens knitren og rødvinen. Det har været en lang dag for mig, så jeg skal snart op og rede min seng!”

Line: ”Jeg har redt den!”

John: ”Jeg tror, det bliver svært at undvære dig, hvis det fortsætter sådan!”

De sidder stille og kigger ind i ilden. Man aner et smil hos dem begge.

# Kapitel 37

Det havde været en begivenhedsrig dag med mange følelser i spil. Men den var forløbet over forventning.

Flere gange havde jeg bemærket at hun havde gang i mobilen; men jeg valgte ikke at spørge ind til det. Normalt finder jeg det mærkeligt, når folk gang på gang hiver mobilen op midt i at man sidder og snakker med dem. Jeg finder det til tider for meget og direkte uforskammet og kan ikke lade være med at gøre opmærksom på at jeg finder det genererende. Moderne tider. Jeg har da selv både en iPhone og en iPad. Jeg betaler endda med mit iWatch så andre udbryder "Smart". Så det er ikke fordi, jeg ikke kan følge med i den teknologiske udvikling.

I mine yngre dage sagde man også "Undskyld, jeg tager den lige", når telefonen ringede. Når man så kom tilbage sagde man igen "Undskyld" men fortsatte gerne: "Det var den og den, der ringede om det og det." Man blev involveret. I dag siger man ikke undskyld og bliver ikke involveret. Man har sine parallelverdener. Når jeg holder fødselsdag, inviterer jeg altid alle dem, jeg kender, så de forskellige grupper kan lære hinanden at kende, og så børnene kan se, hvem jeg omgås. Nå, det var et sidespring.

I morgen skal vi sejle i kano og vi skal fiske. Jeg fandt badetøj og joggingtøjet frem. Så tog jeg for en gangs skyld en sovepille, da jeg havde på fornemmelsen, at jeg ville have svært ved at falde i søvn ovenpå dagens mange indtryk. Nøglerne til bilen tog jeg med mig i seng.

*Klædt på til dagens oplevelse ser vi John og Line på vandring af små stier i den svenske natur. Solen skinner, og det er stille vejr. John går forrest og stopper op, da de har udsigt til søen og står side om side og nyder udsigten;*

**Line: "Smukt!"**

John: "Ja, man kan hurtigt blive afhængig af det her!"

Nu står de ved kanoen, der ligger på land med bunden i vejret og lænket fast til et stort birketræ. John låser den fri. De vender den og får den bakset ud i vandet og fæstnet til en lille badebro. Line kommer med de to padler, der har ligget i skjul under kanoen.

John: "Ja, så mangler vi bare, at jeg lærer at svømme, for der er ingen sikkerhedsveste!"

Line: "Nu. Mener du det?"

John: "Nej, vi venter. Der sker ikke noget."

John går ned i kanoen fra badebroen: "Kom, ræk mig hånden og så træder du ned midt i kanoen. Forsigtigt. Sådan. Jeg var engang her med mine to brødre!"

Line: "Dine brødre?"

Line: "Ja, Poul bor nær Stockholm. Ole bor i Randers. Da min far døde valgte vi at mødes en gang om året. Da det blev min tur til at arrangere vores træf, valgte jeg at tage dem med herop. Jeg er den yngste. Nå, men det jeg ville sige. Da Ole som den sidste skulle træde ned i kanoen, var han ikke så dygtig som dig. Han fik trådt ned på siden, så kanoen gyngede og han kom i ubalance. Han fik kanoen til at kæntre, og vi røg alle i vandet. Selvfølgelig fik vi et stort grin ud af det. Men Poul blev roligt stående i vandet, hvor han var faldet ud. Han rørte sig ikke ud af flækken. Jeg så at han bukkede sig ned flere gange og sagde så stolt: Her er de. Det var så vidt jeg husker hans nøgler, øl og noget tøj, han havde fundet. Og så sagde han: "Hvis jeg ikke var blevet stående, havde jeg aldrig fundet dem." Han var god til at sejle og havde en sejlbåd i Skærgården. Så lærte jeg det. Og nu har jeg lært dig det."

Ude på søen gjorde John fiskestangen klar og sendte med et kast blinket 7-8 meter ud og trak langsomt ind.

John: "Næste gang må vi grave nogle orme op, og vi kan tage lidt sild med fra køleskabet. Men lad os nu se." John forsøgte flere gange uden held: "Det kan jo være, du er mere heldig. Har du prøvet det før?"

Line rakte hånden frem. John viste, hvordan hun skulle gøre. Og det lykkedes Line efter nogle forsøg. Og pludselig var der bid.

Line: "Hvad skal jeg gøre?"

John: "Træk op i fiskestangen og frem med den. Rul snøren stille og roligt ind. Sådan ja. Igen. Bliv ved sådan. Der er den. Den ser fin ud. Bliv ved, og nu hiver du den stille og roligt op i kanoen."

Fisken lå og sprællede. John tog om fisken og fik den af krogen, hvorefter han slog den i hovedet med knivskaftet.

John: "Fang én mere, så har vi til aftensmaden." John lænede sig tilbage, lukkede øjnene og nød solen. Line så på John og tog så fiskestangen.

*De sidder ved aftensmaden og spiser fisk. Vi ser Line tage et bid af den tilberedte fisk.*

John kigger spændt på Line: "Nå, hvad så? ..."

Line trækker tiden og lader som om hun er ved at brække sig.

John: "Er det så slemt. Måske skal du have lidt mere citron på den?"

Line (meget, meget alvorligt): "Ja, det var meget slemt!" Hun kommer lidt mere citron på og tager en bid mere. "Uhmm, nu smager det fantastisk!" siger hun. De ler begge, da John ånder lettet op og læner sig tilbage.

**John:** ”Og du siger, at du ikke kan lege. Den tygger jeg på.” Og John gafler overdrevent et stykke fisk og tygger velfornøjet på den, mens Line ser på ham!

**John:** ”Når vi har vasket op, er der fri leg. Jeg har nogle ting, jeg gerne vil have ordnet. Der skal hugges mere brænde og der er bier under taget, som jeg gerne vil have væk. Vi skal have tændt op i pejsen og trukket en flaske vin op.”

# Kapitel 38

Hun er en fantastisk pige. Åben og naturlig. Nem at være sammen med. Maria har gjort det godt uden mig, må jeg modvilligt konstatere.

Men var der mon grund til mistanke. At hun spillede et spil, og at hun ville flygte, så snart muligheden var der. Måske snuppe bilnøglerne i nat mens jeg sov og køre herfra. I så fald måtte hun tanke bilen op, hvis hun skulle nå helt hjem.

Havde hun mon penge? Nåh ja, hun skulle jo købe ind, så hun har penge med. Årh – tag dig nu sammen. Der findes jo MobilePay. Så længe hun har sin mobil er der både MobilePay og Googlemap, så hun kan sagtens finde hjem. Var der ikke penge nok, ville moren givetvis bare overføre. Kørekort havde hun sikkert også. Det ville altså være en let sag for hende, hvis hun ønskede at flygte herfra,

Jeg har før taget fejl, og ligesom jeg har bildt hende ind at jeg ikke kan svømme, kan hun dysse mig ind i den tro at hun var blevet fars pige på rekordtid. Hvis hun vælger at stikke af, vil jeg respektere det som hendes valg og glæde mig over de to dage, vi trods alt fik. Nu, hvor jeg tænker på det, springer tårerne frem. Jeg lod dem løbe frit ned af kinderne.

Jeg valgte at jeg ikke ville bringe mine overvejelser herom på bane. Min bekymring må jeg holde for mig selv. Jeg havde gjort det klart, hvorfor jeg valgte at kidnappe hende. Og så var det min opgave at holde mig til det og ikke spørge ind til hendes eventuelle tvivl eller ønske om at flygte. Jeg ville heller ikke spørge, hvordan hun har det. For sammen med sin far er man i gode og trygge hænder.

Indtil videre var det jo også gået som forventet, nej *over* forventning.


*Da John kommer ned, er der tændt ild i pejsen og rødvinen er trukket op. Han sætter sig og Line skænker vin op i hans glas.*

Line: "Skål!" og tak for vinen!"

John: "Selv tak … Og aftensmaden var gratis.

Line: "Mmmm, det smagte dejligt."

John: "I morgen gælder det en elg, hvis vi ikke skal have fisk igen,"

Line: "En elg? Hvordan …?"

John: "Vi må finde en lille elg i skoven, Vi pürcher os frem til den, sniger os ind på den, og så skyder jeg den!"

Line: "Skyder den?"

John: "Ja, jeg har min riffel ude i bilen!"

Line: "Er du jæger?"

John: "Ja med jagttegn og det hele!"

Line: "Og du vil skyde en elg?"

John: "Ja, og du er nødt til at hjælpe mig, for jeg kan ikke slæbe den hjem alene."

Line: "Må du det?"

John: "Der er jagttid på dem nu. Og svenskerne kan vel

godt undvære en enkelt lille elg!"

Line: "Elge - er de ikke kæmpestore!"

John: "Jo, men ikke de små kalve!"

Line: "Det kan jeg ikke lide ... at slå dyr ihjel!"

John: "Det er også mig, der skal det, ligesom jeg slog fiskene ihjel. Det er også dyr."

Line: "Det er da noget andet!"

John: "Et dyr er et dyr!"

Line: "Jeg ved ikke om jeg har lyst!"

John: "Jeg har brug for din hjælp: Jeg kan ikke slæbe den hjem alene! ...  Tænk over det, så ser vi i morgen, om vi skal have fisk igen."

Pause, hvor de kigger ind i ilden.

John: "Det smager godt ... elgkød ... mørt og lækkert!"

Pause.

John: "Du ville høre, hvorfor det gik galt mellem mor og mig. Jeg kan godt forstå dit ønske. Men mon ikke du mere er interesseret i at forstå at det har været umuligt for mig at komme i kontakt med dig i alle de år. Som sagt er det helt og aldeles din mors ansvar. Det ansvar kan hun ikke løbe fra og påtager sig sikkert gerne."

Line: "Hun ville beskytte mig!"

John: "Mod mig, forstår jeg!" Line nikker svagt. "Der kan du se. Hun har sin grund til at holde dig langt væk fra mig. I alle de år lykkedes det at beskytte dig. Men nu er du voksen og i stand til at beskytte dig selv. Det havde jeg på fornemmelsen ... og min timing synes at være rigtig."

Line (trækker knæene op til hagen, ligesom for at beskytte

sig selv): "Du var ond mod hende!"

John: "Jeg har aldrig i mit liv været voldelig. Det ligger ikke til mig. Jeg har aldrig været op at slås med nogen eller slået nogen … Men nu er det op til dig at vurdere, om det var rigtigt af mor at holde dig helt ude af mit liv … at sørge for at du aldrig fik din far at se mere."

Pause.

John: "Om din mor har ret, må du selv finde ud af – og forhåbentlig er to uger nok til det. For spørger du mor får du ét svar, og spørger du mig får du det svar, jeg lige har givet dig. Og en dag kan du spørge dem, der kender mig, hvordan jeg er som far, bl.a. dine to brødre Niel og Theis, såfremt du savner dokumentation."

Pause.

John: "Detaljerne om din mors og min skilsmisse skal jeg spare dig for med mindre du insisterer. Og jeg tror heller ikke du kan bruge dem til noget … Jeg har skilsmissen som en smertelig erfaring og har valgt ikke at flytte sammen med nogen igen."

Pause.

John: "Men jeg vil slå fast med syvtommersøm, at det ikke er *mit* ansvar, at vi to ikke har set hinanden i al den tid. Jeg har åbenbart været oppe imod større magter … Er der mere vin … tak. … Jeg ved ikke, hvad du husker af dine første fire år. Selv kan jeg huske, hvad jeg har fået fortalt af mine forældre."

Line: "Jeg har læst om dig på facebook!"

John: "Det må jeg nok sige. Så ved du alt om mig, og jeg ved ikke en hujende fis om dig. Det er da uretfærdigt."

Line: "Jeg har haft lyst til at besøge dig, men ville ikke gøre mor ked af det. Jeg tænkte, at når jeg en dag flytter hjemmefra, vil jeg besøge dig."

**John: "Det har du bare at gøre, for ellers kommer jeg og kidnapper dig ... Og nu er far træt og skal sove sin skønhedssøvn. Du lukker og slukker ... Knæk og bræk!" Peger på Line og stikker hovedet lidt spørgende frem og på skrå.**

# Kapitel 39

Jeg var naturligvis ikke klar over, hvor meget Maria havde indoktrineret Line, og om hun i det hele taget havde. Hun kunne jo have bildt hende alt muligt ind for at retfærdiggøre, at hun ikke skulle se mig i de mange år.

Nu hvor Line er voksen, må hun selv tage det opgør med moren. Jeg skal ikke påføre Line et problem eller påføre hende en konflikt med moren.

Min opgave er at guide Line hen til den, der kan svare på hendes spørgsmål. For det kan ikke være min opgave at gætte på Marias grunde til at afskære Line fra mig. Og jeg ønsker *ikke* at Line vil kunne vende tilbage til Maria med et "Far siger ...".

Joh, hun må gerne sige: "Far siger at det udelukkende er dit ansvar at far og jeg ikke har set hinanden, og han mener at jeg har krav på at kende dine begrundelser for det?"

Hun må også gerne sige til mig: "Mor siger at du har gjort eller sagt sådan og sådan - er det sandt?"

Jeg vil så svare, at der er mors version og der er min version. Du har hørt mors, og nu skal du høre min. Når du står med to forskellige versioner, som subjektivt set begge kan være sande, er det din opgave tolke, hvad der er sket, gerne ved hjælp af dokumentation – og overveje hvad informationen betyder for dig..

Men måske er det ikke så vigtigt at bruge alt for meget energi på at kigge på fortiden. Og måske er det alligevel til en vis grad nødvendigt for at komme videre på den gode måde."

Når der er noget, man ikke ved eller ikke forstår, er det menneskets natur at spørge hvorfor? Hvorfor går Putin i krig mod Ukraine? Hvorfor er jeg blevet bortadopteret? Hvorfor har jeg ikke set min far i seksten år? At finde svaret kan koste mange kræfter, men kan være en nødvendighed for at komme videre. Uvished kan binde energi unødigt.

Jeg kan godt høre at overvejelserne er lidt knudret fortalt. Det sker, når jeg ikke er helt afklaret og/eller når jeg ønsker at komme hurtigt videre, fordi det næste er mere interessant at fortælle om.


*John står i jægertøj og Line kommer hen til ham. John kigger spørgende på hende:*

**Line: "Ok, jeg tager med!"**

**John: "Godt, så henter du den lille økse og reb inde i skuret. Og så tager du lige en jakke på - du må gerne tage min inde på knagerækken – og din mobil." John tager riflen, en kikkert og en trefod op fra bagagerummet og mærker efter om alting er der: patroner, dolk, kikkert, mobil. Kort efter forsvinder de ind i skoven.**

**Man ser dem liste rundt i skoven og skiftes til at kigge i kikkert. På et tidspunkt sætter de sig på nogle sten i skovbrynet.**

**John tager en lommelærke frem og drikker en tår (hvisker): "Vil du smage!" Line drikker en tår.**

**Pludselig peger Line forsigtigt mod noget bag Johns ryg ude på marken. John vender sig og ser en elg med sin kalv omkring 80 meter væk. Stille og med langsomme bevægelser får han sat trefoden op, lagt riflen til rette, afsikrer og lader skuddet falde, netop da kalven står stille og græsser med siden til. Den giver et hop og falder så om. John tager hurtigt ladegreb, klar til**

at afgive endnu et skud. Elgen spidser ører og løber så mod skoven, stopper pludselig op og kigger tilbage, løber så videre hen til skovbrynet, stopper igen op og kigger sig tilbage. Men ungen følger ikke med. Den ligger, hvor den blev skudt.

Line: "Hold da op. Du ramte den. Skal vi ikke derhen!"

John: "Vent 10 minutter, så er vi sikker på at den er død."

John finder lommelærken frem, tager en tår og rækker lommelærken til Line "Nej tak!"

John: "Gider du fælde de tre små birketræer der med øksen." Det gør Line mens John samler patronen op og pakker trefoden sammen. John skærer sidegrenene af med sin dolk og de går hen mod kalven. John holder riflen klar til skud. Men da de kommer derhen konstaterer John at den er død. John skærer kalven op og tager indvoldene ud, får bundet birketræerne sammen til et A og lægger kalven op: "Tager du fat. Så løfter vi her foran! Fint. Så trækker vi den ud til skovvejen!"

De har hentet bilen og lægger kalven ind i bagagerummet. John sætter 4-hjulstrækket til og kører hjem ad bumpede veje.

Hjemme ser vi Line hjælpe John med at flå kalven ude i skuret for at undgå fluer. Vi hører John anvise, mens der fokuseres på Lines mimik.

Om aftenen ser vi dem sidde ved et bål, hvor noget af et kødstykke er sat på et spid, færdig til at spise. John tager nogle kartofler og nogle ærter, der har ligget i noget smør i sølvpapir, ud af ilden. Det fordeles på to tallerkner, og to øldåser åbnes. De spiser og kigger ind imellem smilende på hinanden.

Line: "Du havde ret. Det smager rigtig godt!"

John: "Var det slemt?"

Line: "Det var synd for moren. Hun kiggede tilbage men kalven kom ikke. Hvorfor skød du kalven?"

John: "En kalv er afhængig af sin mor for at kunne overleve."

Line: "Det kan jeg godt se. Men nej, det var det ikke slemt. Det virkede faktisk meget naturligt!"

John: "Jeg elsker de gamle Disney-film. Vi har sammen set filmen *Bambi*, da du var fire år. Du kender den godt, ikke?" Line nikker". Da vi så den, spurgte du på det tidspunkt, da en jæger skyder Bambis mor. *Far du er jæger, er du ikke?* Det måtte jeg jo sige ja til. Men ikke nemt at blive betragtet som ond af sit 4-årige barn. Kan du huske det?"

Line: "Nej, men du er jo ond. Sådan at skyde den uskyldige kalv, der ikke har gjort dig noget. Og stakkels mor."

John: "Og godt at Bambi havde en far med et stort gevir til at lære den lille Bambi om livet." De lo.

John: "Når vi er færdige, vil jeg ordne kalven og lægge den i fryseren. Værktøjet skal renses osv. osv. … Jeg har taget nogle bøger med, hvis du har lyst til at læse. Nogle af dem har jeg selv skrevet. Jeg har også taget et par fotoalbums med, hvor du er hovedpersonen. Du er selvfølgelig også velkommen til at sende sms'er og snakke i mobil og gå på Facebook, eller hvad du nu gør. Fri leg … og vi ses i morgen. I øvrigt har jeg set at du har taget en del billeder. Hvis du ikke har noget imod det vil jeg gerne se dem på et tidspunkt, men ikke nu."

# Kapitel 40

Fælles oplevelser er fælles minder og referenceramme. Måske var oplevelsen med kalven for voldsom, men hun syntes at taget det i stiv arm. Og det vil i hvert fald være et minde, hun sent vil glemme. Jeg var glad for at skuddet ramte så præcist. Havde jeg såret den, ville det være forfærdeligt, for det kan være meget ubehageligt at se et dyr lide. Heldigvis har jeg aldrig været ude for det, måske fordi jeg altid tager mig god tid og gerne lader dyret gå, hvis jeg er usikker. Nå, nok om det.

Jeg mangler stadig at få hende til at fortælle om sit liv. Hvad har hun foretaget sig i de år?

I morgen forestiller jeg mig at vi slapper af i hængekøje og liggestol her ved huset og får lidt sol på kroppen. Vi har jo rigeligt med mad og drikke. Havet er for langt væk, men vi kunne selvfølgelig også tage ned til søen, hvor hun kan lære mig at svømme. Det kunne være en sjov leg at lade hende være den stærke, og så kan hun jo altid prale med at hun har lært sin far at svømme. En dag skal vi også prøve at skyde et par ænder ved søen.

Og så kunne det være sjovt at spille nogle spil med hende og se, om hun er en god taber eller er i stand til at vinde over mig.

Der var også nogle badmintonketchere og andre havespil. Dart. Bue og pil. Vi kunne også prøve at sove i bivuak en dag. Og vi kunne finde krydderurter og måske svampe.

Der var rigeligt at få tiden til at gå med.

Det skulle blive regnvejr om et par dage, så det var med at nyde solen, mens den var der.

I morgen skal Line have førertrøjen.


*John og Line ligger ved søen på håndklæder, bredt ud på et storblomstret sengetæppe. Begge ligger de i badetøj og soler sig. De har hver en bog med. I skyggen er der en madkurv. Kanoen ligger og duver ved den lille badebro. Ren svensk idyl.*

**Line: "Det var sjovt at se de gamle fotoalbums! Jeg kan ikke huske ret meget af det. Jeg kan genkende at vi var hos din fætter på landet. Køerne og hesten. Ham har mor og jeg besøgt.**

Han har også besøgt os.”

John: ”Du mener min fætters søn, Ulrik.”

Line: ”Nåh ja. Og så kan jeg huske at da vi var på Bornholm, lavede jeg en kniv.”

John: ”Vi besøgte et vikinge frilandsmuseum. Og det var her du lavede den sammen med smeden. Den har jeg stadig.”

Line: ”Har du. Den vil jeg gerne se! ... Det var sjovt at se mig klædt ud og malet i ansigtet!”

John: ”Du var en køn lille én dengang, var du!”

Line: ”Dengang!”

John: ”Ja, det var du dengang ... Nu er du bare smuk!”

Line (ler): ”Ha ha ... Det har jeg efter mor!”

John: ”Du husker nok at betjenten sagde, at du lignede mig.” (de griner begge).

De ligger med lukkede øjne.

John: ”Husk nu, at du har lovet at lære mig at svømme!”

Line: ”Og det man lover, skal man holde.”

John: ”Du har fået en god opdragelse, kan jeg høre!”

Line: ”Mmmmm!”

John slumrer hen, men vågner brat, da Line sprøjter vand på ham: ”Hvad fanden ...!”

Line: ”Man må ikke bande.” Hun sprøjter igen på ham.

John: ”Nu stopper du!”

Line: ”Du ville jo lære at svømme, så svøm!”

John springer op og farer efter Line, der løber ud i søen og de sprøjter vand efter hinanden. Line svømmer lidt ud. John følger efter og lader pludselig som om han er ved at drukne: "Hjælp, hjælp!"

Forskrækket vender Line tilbage til John: "Rolig, jeg har dig. Læg dig om på ryggen, så holder jeg dig."

Der zoomes ud, og på afstand ser vi Line give John gode råd, mens hun holder ham oppe. Og vi hører på et tidspunkt John råbe: "Jeg kan svømme. Jeg kan svømme. Min datter har lært mig at svømme. Fantastisk." Line kigger let skeptisk på ham.

Line går op i kanoen. John følger efter. De padler lidt ud på søen. De lægger sig ned i kanoen, lukker øjnene og soler sig. Langsomt driver kanoen med pålandsvinden ind mod land og ind i sivene. De vågner brat, da der lyder et skud, og de ser et andepar der letter.

John: "Bare rolig, Line. Der sker ikke noget. Det er et godt stykke herfra. Og jægere skyder altid ænderne op i luften." John viser det med padlen.

Line padler kanoen hjemad.

John finder madkurven frem.

John: "I morgen kan vi gå på andejagt. Det vil være som en juleaften at spise. Du husker at jeg har taget nogle spil med og oppe i huset er der også en masse spil. Vi kan også finde krydderurter i skoven, som vi kan bruge. Og hvis du synes, kan vi køre en tur til Astrid Lindgren-land. Der er også … "

Line: "Far … i aften laver jeg mad. Og jeg inviterer dig hermed til kl 19. Bagefter hygger vi ved pejsen med et glas rødvin."

John: "Jeg vil med glæde tage imod Mylady's venlige invitation til middag i aften kl 19. Oven i købet med forventning om en udsøgt middag og et ypperligt selskab. Til gengæld vil jeg så inden da benytte lejligheden til at slå græs, ordne et par småting på huset, hugge brænde, rense pejsen og tænde op.”

Line kigger alvorligt på John og siger efter en pause: ”… Sæt nu ikke forventningerne for højt, min Herre. Jeg er kun et simpelt menneske.”


Hjemme står John på en stige og er ved at sømme i et bræt i huset, da han pludselig ser sin datter gå ude på marken bag samme stensætning, som Maria i sin tid gemte sig bag. Da datteren pludselig bliver til Maria, ryster han på hovedet, og han ser datteren plukke blomster. Et øjeblik er han ved at falde ned af stigen.


# Kapitel 41

”Far!” havde hun sagt. Det måtte være første gang, hun sagde det. ”Far!”. Det rørte noget dybt i mig. Og jo mere jeg tænkte på det, des mere fik det tårerne til stille og roligt at trille ned af kinderne.

Der var selvfølgelig lang vej endnu til at få genopbygget relationen. Det tabte, at lære hende at cykle, at lære hende at svømme, at kunne være med til hendes første skoledag, at fejre fødselsdage og se hende pakke julegaver ud, at sætte et plaster på såret, at se hende som teenager, at se hende komme hjem med sin første kæreste. Det var tabt, de fælles minder fra den tid var tabt.

Her var hun så efter seksten år og sagde ”Far”! Det var en forløsning, der ikke kan beskrives, og tårerne måtte komme som de ville. Ligesom dengang, hvor jeg så en film med Mel Gibson, hvor hans lille datter kastede sig om halsen på ham, da han skulle i krig.

Alt det er tabt, men tabet forsvandt i en tåge, da hun sagde ”Far”. Hun havde ganske vist sagt det på en måde, som om hun ville irettesætte mig. Måske fordi de lege, jeg havde nævnt var for barnlige. Og måske var det derfor, hun ville lave mad i aften. For at vise, at hun var blevet voksen. Og at hun ikke behøvede at blive underholdt.

Selv om ens børn bliver voksne, vil far-barn rollen altid være der. Selv når man ligge på dødslejet vil den være der. James Dean søgte sin fars anerkendelse og fik den på farens dødsleje i filmen *Vildt blod"*. Far-rollen kan man ikke bare lægge fra sig, den er der for livet. Man kan opnå et dybt venskab, men far-rollen kan man aldrig slippe for. Og den far, der ikke forstår det, gør sit barn ondt.

Nytårsaften holder de voksne børn sammen med deres venner – ikke med deres forældre. Det gør man juleaften. Der er det familien, man er sammen med. Og skulle der en dag dukke endnu et barnebarn op, vil der tændes endnu et julelys i mit gamle hjerte. Og den dag, der lyder et farfar eller morfar – ikke bedstefar – vil julehyggen brede sig helt ind, hvor følelsen af familie og tilknytning er. Det ved jeg, for sådan har det været med mine sønner. Og dem, der ikke har oplevet det, vil aldrig kunne begribe den følelse.

Og skam dig Putin, der slår fædre ihjel for et stykke landområde. Hvor må der være mange knuste hjerter.


*De sad ved den tændte pejs:*

**John: "Jeg er ikke den der giver ros; men jeg må indrømme at middagen var særdeles velsmagende og godt tilberedt. Om ikke andet har du hermed min anerkendelse som kok. Det var en god opskrift."**

**Line: "Den fandt jeg på Google."**

**John: "Åh ja, snedigt!"**

**Line: "Far, der er noget, jeg må fortælle dig."**

**John: "Jah … jeg lytter…"**

**Line: "Du må ikke afbryde mig, for det er ikke så nemt at sige, og du bliver sikkert ikke så glad for at høre det ..."**

118

John skænker sig lidt mere rødvin.

Line: "I starten var jeg skrækslagen. Det var ikke nogen behagelig oplevelse at blive kidnappet ... intetanende at blive revet ud af dagligdagen og blive bortført af en mand. Men da du sagde, du var min far, skete der noget med mig. Det slog ligesom benene væk under mig, ramte mig et eller andet sted. Et savn måske, en vrede måske; men også en nysgerrighed. I hvert fald ikke en lyst til at råbe højt efter hjælp, eller stikke af ved først givne mulighed.

Da du gjorde formålet klart, faldt jeg til ro.

Jeg har måttet høre om incest og ondskab. Men jeg vidste inderst inde at det ikke var sandt ... havde ikke rigtig noget valg. Som tiden gik lærte jeg at leve uden dig, og ville ikke såre mor ved at kontakte dig. Mor har haft andre kærester, som har behandlet mig godt. Hun har aldrig flyttet sammen med nogen, så vi havde ligesom kun hinanden. Det gjorde det svært for mig at kontakte dig ... Jeg turde ligesom ikke og var usikker på om mor havde ret. Jeg fornemmede at det ville skabe en stor konflikt mellem mor og mig – uden at det rigtig var bevidst, hvis du forstår ... Og hun har passet godt på mig. Vi har rejst en hel del, været en del i Tivoli og oplevet en hel del sammen. Det, fornemmede jeg, ville blive ødelagt, hvis jeg kontaktede dig. Så ved du det ... skål."

John: "Så ved jeg det! Skål"

Line (efter en pause): "Vi har nu haft nogle rigtig dejlige dage sammen, og du synes at være den far, jeg altid har ønsket mig. Det har været noget andet at være sammen med dig end med mor. Det kan jeg uddybe en anden gang ... Men i morgen bliver du nødt til at køre mig hjem. (Kigger efter en reaktion fra John, der blot kigger ind i ilden). Mor er meget oprørt, og jeg vil ikke miste hende .... Hun må forstå, at jeg har ret til at se min far ... Jeg vil nok ikke konfrontere mor med den kendsgerning, at hun har forhindret mig i at se dig. Det er utilgiveligt. Men jeg vil over jer begge blot fastholde at jeg har ret til både en mor og en far.

Jeg har spekuleret på hvilke konsekvenser, det får for mor og mig. Men jeg tror inderst inde at hun er bange for at miste mig. Og det vil jeg fortælle hende, at det behøver hun ikke frygte. Jeg vil også fortælle, at hun er en god mor og givetvis har handlet i bedste mening ... Derfor vil jeg gerne, at du kører mig hjem i morgen.

Line kiggede på John og så, tårerne løb ned af kinderne: "Du græder!"

John: "Mmmmm!"

Line: "Det skal du ikke, jeg forlader dig ikke. Jeg elsker dig!"

John drikker en tår rødvin: "Jeg græder, fordi jeg ikke havde forestillet mig at jeg havde så smuk og klog en datter. Det har din mor gjort godt. Du har gjort det godt. Jeg elsker også dig!"

De græd begge to. Og sad så tavse og kiggede ind i ilden. John rejste sig og kom et par brændeknuder på, og gik så hen til Line, faldt ned på knæ og de omfavnede hinanden.

"Vi kører i morgen!" fik John fremstammet, og de kiggede hinanden i øjnene.

Line: "Tak, far."

# Kapitel 42

Pyha, sikke en aften. Lige siden har jeg altid været rørt til tårer, når nogen får hinanden eller forsones, når jeg ser film. Især når nogen efter at have gået meget grusomt igennem får hinanden til sidst.

Oplevelsen har skabt et blødt punkt inde i mig, en lille have som skal plejes, og det skal der jo vand til. Det må tårerne kunne klare.

Jeg var overbevist om, at Line nok skulle klare sig. Jeg ved, det vil være hårdt for Maria at skulle dele Line med mig. Men jeg ved også at det var tiden, hvor Line var på vej til at flytte hjemmefra. Og ungerne vil jo flyve fra reden en dag. Sådan er det indrettet.

At jeg har været dybt forelsket i Lines mor er en kendsgerning. Line var således et minde om det. Så hvis jeg en dag skulle møde Maria er det det minde, jeg vil holde fast ved.

Man skal være glad for at komme velbeholden i land efter at have været på vandet i stormvejr, nej orkan var det.

**Vi ser John og Line pakke bilen gøre huset rent efter sig.**

**Dernæst ser vi dem køre væk i bilen.**

# Kapitel 43

Tankemylderet stoppede øjeblikkelig, da den blå gadedør til nr. 6 pludselig gik op. Pulsen steg og det hele stod ligesom stille. Så var det nu. Nu måtte alle forberedelserne stå sin prøve, og jeg vidste hvad jeg ville gøre.

Det var hende, der kom ud i en gul sommerkjole. Over den ene arm havde hun en blå trøje og i hånden en indkøbspose, antagelig med nogle tomme flasker. Hun havde en hvid tennishat på, hvor hendes lange lyse hestehale stak ud. Det måtte være hende. Da hun kom fri af hækken kunne jeg se, at hun havde hvide sneakers på. Så stoppede hun op og tog et par solbriller frem.

I samme øjeblik steg jeg ud af bilen og gik hende i møde med et kort i hånden. Det skulle se ud som om jeg bare var en, der ville spørge om vej. Uventet kunne jeg mærke en nervøsitet. Den skyldtes nok spændingen ved mit forehavende. Men sikkert også det faktum at det var seksten år siden jeg sidst havde set hende. Et savn, der i de næste to uger forhåbentlig ville blive omsat til en konkret følelse af tilknytning: Far og datter.

### *John holder i sin bil i vejkanten*

**Johns trommen på rattet holder pludselig op og bliver til et fast greb om rattet og ansigtet retter sig fremad. Han stirrer mod den gadedør, der gik op og sidder spændt et øjeblik.**

**En ung pige kommer ud.**

**John (mumler): "Det må være hende!"**

**Kikkerten ryger om bagi sammen med jakken, og han snupper kortet fra passagersædet. Kigger sig hurtigt i bakspejlet og lader hånden rette på håret. Derefter i sidespejlet og bagud inden han åbner døren og stiger ud.**

**Lidt springende og halvt i løb når han frem til hende i det øjeblik hun har taget solbrillerne på.**

**John: "Undskyld, men må jeg lige spørge dig om noget?" og rækker kortet op, ligesom for at have et alibi for at standse hende.**

**Pigen: "Ja!" siger hun og kigger på kortet.**

**John: "Hedder du Line?"**

**Pigen: "Nej, jeg hedder Astrid."**

John (forundret): "Astrid.  Nå, ja så må du meget undskylde. Jeg troede, du var en anden. Undskyld."

Pigen går, men vender sig om og kigger undersøgende efter ham, inden hun går videre.